절교에 대처하는 방법

절교에 대처하는 방법

김희정 지음

우리의 굳은 맹세는 그 애의 절교 선언 앞에서 무력해지는 걸까?
아직 우리의 약속이 유효할까?

◆

네가 나에게 연락을 준다면,
그게 비가 오는 새벽 3시라 해도 난 달려갈 거야.

목 차

절교	007
편지	014
스승의 날 1	022
스승의 날 2	030
〈길 위의 스쿨밴드〉	040
방학식	053
여름특강반 1	062

여름특강반 2 ····· 069

짝 ····· 079

착한 사람 ····· 092

〈코코아 탐정〉 ····· 102

이유 ····· 113

반 발표 ····· 121

교실에서 ····· 128

절고

 이상한 일이었다. 어제 하굣길에 "안녕, 내일 봐!"라며 웃음 띤 얼굴로 인사한 은수가 오늘 아침에는 나를 알은체하지 않았다.
 교실 뒤 창가 쪽 내 자리에 가방을 내려놓자마자, 교탁 앞 은수 자리로 갔다. 은수는 처음 보는 하늘색 돌고래 모양 머리핀을 하고 있었다. 윤기 나는 그 머리핀은 은수의 단발머리와 잘 어울렸다. 언제나처럼 "안녕!"이라고 인사하며 웃는 얼굴로 은수를 바라보았다. 은수에게 머리핀이 예쁘다고 이야기할 참이었다. 그런데 은수는 그런 나에게 눈길조차 주지 않고 책을 읽고 있었다.

깜짝 카메라 찍는 중인가?

우리가 종종 깜짝 카메라 놀이를 했던 것을 떠올렸다.

그러면 이건 어떠냐!

나는 은수 얼굴 가까이에서 웃긴 표정을 지어 보였다. 은수는 나의 웃긴 표정을 보면 언제나 깔깔대는, 웃음이 많은 애였기 때문이다. 그런데 은수는 내가 바로 앞에서 눈 모으기, 혀 말아 내밀기, 볼 부풀리며 귀여운 표정 짓기 3종 세트를 하는데도 나를 바라보지 않았다.

왜 아무 반응도 없지?

이 정도면 은수도 하하하 웃으며 깜짝 카메라였다고 말할 타이밍이었다. 답답해진 나는 "은수야!" 하고 좀 더 소리를 높여 이름을 불렀다. 반에 있는 애들 몇 명이 우리가 있는 쪽을 바라보았다. 은수는 그제야 고개를 들고 나를 2초 정도 무표정으로 빤히 바라보더니 다시 책으로 눈을 돌렸다.

은수는 명백히 나를 모르는 척하고 있었다.

이거 지금 장난이 아니구나!

나는 당황해서 멍하게 서 있었다. 은수가 이런 적은 처음이었다.

"은수야, 왜 그래? 장난 그만 쳐……."

나는 떨리는 목소리로 말했다. 그런데 은수는 내 말은 들은 척도 하지 않고 이제, 별로 급해 보이지도 않는 서랍 정리에 열중하고 있었다.

은수에게 더 말을 붙여보려는데 흰 블라우스 차림의 담임 선생님이 교실 앞문으로 들어왔다.

"안녕, 얘들아. 아침 자습 시간에는 다들 조용히 책을 읽자."

선생님의 낮은 목소리에 나는 내 자리로 조용히 돌아갈 수밖에 없었다. 우리 엄마랑 비슷한 나이대로 보이는 선생님은 아침 자습 시간에 애들이 떠드는 것을 싫어했다.

내 자리에 앉아 대충 교과서를 꺼내고 선생님을 바라보니, 선생님도 교탁 옆 의자에 앉아 양자역학에 관한 책을 읽기 시작했다. 선생님은 가끔 아침 자습 시간에 반에 들어와서 책을 읽었다. 선생님의 정신은 온통 책 읽는 데 빠져 있는 것 같았다. 반에서 무슨 일이 생겨도 알아차리지 못할 것이다.

독서 습관 기르기에 모범을 보여주는 건 좋다 이거예요. 그런데 애들 마음 살피는 건 꽝이네요. 오늘 교실에 들어와서도 평소와 다른 점은 느끼지 못했겠죠!

선생님은 은수가 나를 모르는 척하는 대사건이 일어났다는 건 전혀 알 수 없을 것 같았다. 지난 두 달간 선생님을 관찰한 결과, 누가 누구와 친하게 지내고 있는지, 애들이 학교생활을 즐겁게 하고 있는지 하는 것들은 선생님의 관심사가 아닌 것처럼 보였다. 선생님의 몸짓, 태도, 눈빛은 언제나 그것을 말하고 있었다.

 담임 선생님은 자습 시간 내내 책을 읽더니 짧은 전달 사항을 말하고는 교실을 나가버렸다.

 수업이 시작되고는 선생님들의 말이 귀에 들어오지 않아 교과서 페이지가 넘어가는 것을 번번이 놓쳤다.

 은수가 갑자기 왜 이러지? 어제 헤어질 때만 해도 괜찮았는데. 하루 만에 이렇게 변하는 게 말이 돼? 갑자기 이러는 이유를 모르겠네…….

 내 머릿속은 은수의 행동에 대한 의문과 이 상황에 대한 불안으로 가득 차버렸다. 쉬는 시간마다 교탁 앞에 앉은 은수의 뒤통수를 가만히 쳐다보았다. 은수는 저 동그란 머리로 무슨 생각을 하는 걸까? 은수는 근처 자리의 애들과는 이야기도 잘 나누는 것 같았다. 간간이 웃는 모습도 보여서 나는 더 혼란스러워졌다.

4교시 음악 시간이 되었다. 이동 수업 때는 항상 은수와 같이 이동했었다. 내 눈은 3교시를 마치자마자 은수를 쫓았다.

혹시 나랑 같이 가자고 하는 것 아닐까?

잠깐 생각하며 음악책과 필통을 챙기는 사이에, 은수는 교실을 먼저 빠져나가 버렸다.

음악실에서는 음악 선생님이 정해준 지정석에 앉아야 하고, 내 자리는 은수 옆이었다. 음악실에서 이야기 나눠봐야겠다는 작은 기대를 하며 음악실로 들어갔다. 1분단 둘째 줄, 은수가 앉아 있을 것으로 기대했던 그 자리에는 희주가 앉아 있었다. 둘러보니 은수는 3분단 끝줄에 앉아 있었다.

일단 내 자리로 가서 놀란 마음을 진정시키며 말했다.

"희주야, 왜 이 자리에 앉아 있어?"

"아, 아까 은수가 좀 바꿔달라고 하더라고……."

희주의 말에 나는 심장이 쿵 떨어지는 것 같았다.

여기서도 나를 피하네. 나랑 이야기하기도 싫다는 건가? 얼굴 보기도 싫다는 건가? 이렇게 갑자기? 왜?

눈앞이 새하얘졌다. 음악 시간에 여러 곡을 불렀는데, 음악실을 빠져나오자 무슨 노래를 불렀는지 기억도 나지 않았다. 종일 나의 우울한 얼굴은 펴질 줄을 몰랐다.

그렇게 은수는 온종일 나를 알은체하지 않았다. 전날 있었던 일을 즐겁게 나누던 쉬는 시간에도, 같이 맛있게 밥을 먹던 점심시간에도, 사이좋게 집으로 향하던 하굣길에서도! 은수는 이제 내가 다가가지 못할 분위기를 풍기고 있는 것이었다. 친한 친구의 무표정이 이렇게 무서운 것이라는 걸 처음 알았다.

집에 돌아와 가만히 누워 있으니 오늘 있었던 일이 아무래도 실제로 있었던 일 같지 않았다. 나는 이상한 악몽을 꾸고 있는 거다. 사람이 이렇게 한순간에 변할 리 없잖아.

저녁에 엄마는 내가 좋아하는 치킨 카레를 만들어 주셨는데 나는 밥이 잘 넘어가지 않았다.

"정민아, 오늘 무슨 일 있었어?"

엄마가 내 얼굴을 살피더니 걱정스러운 듯 물어보셨다.

"……아니요. 좀 피곤해서요……. 자고 일어나면 괜찮아질 거예요."

은수가 나를 알은체하지 않아 속상하다는 이야기는 꺼낼 수 없었다. 나는 학교에서 있었던 일을 엄마께 자세히 말하는 성격은 아니다. 초등학교 6학년 때 친구 세 명과 싸웠을 때도, 그것 때문에 몇 주간 속상했을 때도 엄마께 말씀드리지 않았다. 괜히 엄마를 걱정시켜 드리기 싫었다.

억지로 밥을 다 먹고 내 방으로 돌아와서 누웠다.

일단 좀 쉬어야겠어. 이건 악몽이야. 꿈이 잘 깨지 않네……. 꿈에서 깨어나면 은수가 나를 알은체하지 않았던 일도, 온종일 마음이 뻥 뚫린 것 같았던 일도, 눈물이 날 뻔한 하굣길도 없었던 거야. 은수를 만나면 오늘 꾼 이 악몽에 관해 이야기해 줘야지. 그러면 은수는 언제나처럼 깔깔대겠지. 그러고는 "참 웃긴 꿈을 꿨네!"라고 말해주겠지?

그동안 매일 같이 봐왔던 은수의 웃는 얼굴이 머릿속에 떠올랐다. 은수는 웃을 때 손뼉을 치며 웃는 습관이 있다. 가끔 옆 사람 팔을 팍팍 때리면서 웃기도 한다. 그럴 때 나는 팔을 슬며시 피한 적도 있었다.

은수의 웃는 모습을 볼 수 있다면 내 팔에 멍이 시퍼렇게 들어도 괜찮을 것 같아…….

이런 생각에 잠겨 있다가 나도 모르는 사이에 스르르 잠에 빠져들었다.

편지

다음 날이 되었다.

설마 오늘도 은수가 날 모르는 척하겠어?

은수를 만나 이야기 나눌 생각에 학교를 향하는 발걸음이 가볍기까지 했다.

그러다 막상 교실 앞에 다다르자 긴장되기 시작했다. 나는 손에서 난 땀을 교복 치마에 닦았다. 그리고 숨을 가다듬고 교실 뒷문으로 들어갔다. 은수는 이미 자기 자리에 앉아 있었다. 나는 내 자리에 가방을 내려놓고 은수 앞으로 갔다. 은수는 수학 문제를 풀고 있었다.

"은수야, 안녕!"

나는 평소보다 밝은 목소리로 인사하고 은수의 표정을 살폈다. 은수는 늘 나를 바라봐 주던, 그 까맣게 빛나는 눈을 나에게 보여주지 않았다. 은수는 수학 문제만을 뚫어지게 쳐다보다가 잘못 쓴 숫자를 지우개로 난폭하게 지웠다. 그러면서 미간을 찡그리기까지 했다. 어제의 악몽은 다 현실이었던 것이다!

나는 나를 바라보지 않는 은수의 앞에 1분쯤 아무 말 없이 서 있었다. 그 1분은 지금까지 내가 경험했던 것 중 가장 긴 1분이었다. 하루 정도 친구를 모르는 척하는 것은 있을 수 있는 일—사실, 있을 수 없는 일이었지만……. 있을 수 있는 일이라 치고 싶었다—이었다. 그런데 이틀이나 이럴 수 있을까? 오늘도 은수가 나를 모르는 척한다는 것은 앞으로도 '계속' 나를 모르는 척할 수도 있다는 이야기였다! 그렇지만 '계속'이라니? 은수와 내가 어떻게 모르는 사이가 될 수 있을까?

작년에 은하여중에 입학하고 같은 반이 되어 단짝으로 지낸 내 친구 은수. 우리는 통하는 게 많다며 신기해했었다. 은수와 내가 가장 좋아하는 과목은 과학이었고 작년에는 과학 동아리 활동도 같이 했었다. 우리는 둘 다 〈코코아 탐정〉이라는 추리 만화에 빠져 있었으며

《해리 포터》 소설과 영화를 무지무지 좋아한다는 공통점도 있었다. 올해 또 같은 반이 되었을 때 우리는 얼마나 기뻐했던가?

은수와의 추억은 셀 수 없었다. 우리가 자주 같이 갔던 분식점과 만화 카페, 공원 산책로, 영화관. 거기서 나누었던 아직도 생생한 많은 이야기들과 울고 웃었던 순간들……. 은수는 내 삶에서 너무나 커다란 존재가 되어 있었다. 그런 은수가 이제 나를 알은체하지 않는다.

이런 상황을 맞닥뜨리자 갑자기 눈물이 쏟아지려 했다. 나는 내 자리로 돌아와 조용히 앉았다. 곧 눈물이 왈칵 쏟아져, 책상에 엎드렸다. 얼굴이 화끈거리고 가슴이 답답해져 왔다. 벼랑 끝에 선 듯한 기분이었다. 몇몇 친구들이 나를 다독여 주었지만 내 눈물은 멈출 줄을 몰랐다. 눈물이 뺨을 타고 주르륵 흐르는 게 아니라 동그란 모양으로 방울방울 아래로 떨어질 수 있다는 것을 나는 처음 알았다.

담임 선생님이 조회하러 들어오기 전, 나는 잠깐 화장실에 가서 세수를 했다. 눈이 붓고 얼굴이 빨갛게 변해 있었다. 휴지로 얼굴의 물기를 대충 닦고 교실로 돌아왔다.

조회하러 들어온 담임 선생님은 내가 울었다는 것을 모를 것이다. 선생님은 서른 명이나 되는 애들의 얼굴을 하나하나 쳐다보는 사람은 아니니까. 선생님이 만약 내가 울었다는 것을 알았다고 해도 나에게 왜 울었는지 물어보지 않을 것이다. 선생님은 이 정도의 일—학생 한 명이 눈가가 빨개져서 앉아 있는 일—은 개인적인 일이라고 생각할 터였다. 선생님이 물어본다고 해도, 내가 대답한다고 해도, 선생님이 이 상황의 해결자가 될 수는 없었다. "너희들 화해해." "네, 알겠습니다." 정도로 문제가 해결되던 시기는 이미 지나오지 않았던가. 그런 생각을 하니 차라리 선생님은 모르는 편이 나았다.

은수는 어제부터 지온이네 무리—반에서 목소리가 큰 다섯 명의 아이들. 이제 은수까지 하여 여섯 명이 되었다. 은수가 그 애들과 어느 틈에 친해졌는지도 모르겠다—와 같이 밥을 먹었다. 은수는 경진이에게 앞으로는 다른 애들과 밥을 같이 먹을 거라고 말했다고 한다. 2학년이 되고 은수와 나는 경진이, 주영이, 서연이와 함께 밥을 먹고 같이 어울리곤 했었다. 그런데 은수는 이제 지온이네 무리로 가버렸다. 은수는 나를 알은체하지 않을 뿐만 아니라, 올해 같은 반이 되어 친하게 지내게 된 친구들과도 거리를 두려는 것 같았다. 하루가 어떻게 지나갔는지 잘 모르겠다.

집에 와서 나는 곰곰이 생각해 보았다.

은수가 갑자기 나를 모르는 척하는 이유가 뭘까? 내가 뭔가 잘못한 게 있는 것이 아닐까? 생각해 내야 해…….

한두 가지가 생각날 듯 말 듯 했다.

은수는 지금 나를 아예 모르는 척하고 있어. 이제 내 얼굴도 안 봐. 휴대전화 메시지를 보내볼까……. 그런데 은수가 메시지를 확인 안 하거나 확인하고도 답이 없다면? 나는 메시지를 보낸 순간부터 초조해지고 괴로워지겠지. 그래서 어제도 메시지를 보낼 수 없었고…….

편지. 그래도 편지는 읽어줄지도 몰라. 은수에게 편지를 써야겠어.

나는 내가 가지고 있는 편지지 중 가장 단정한 것을 꺼냈다. 그리고 책상 앞에 앉아 편지를 쓰기 시작했다.

은수에게

은수야 안녕. 나 정민이야.

올해 같은 반이 되었다는 소식을 듣고 너무 기뻐서 편지를 썼었지. 그때 내가 '최고로 즐거운 해로 만들어 보자!'라고 썼었잖아. 기억나?

내가 편지를 쓰게 된 이유는……. 네가 갑자기 나를 모르는 척하는 것이 너무 슬프기도 하고……. 곰곰이 생각해 보니 내가 너에게 잘못한 점이 있어서 사과하고 싶어서이기도 해.

지난주에 네가, 점심시간에 이를 닦고 있을 때 말이야. 내가 장난친다면서 입안에 든 것을 뱉으려던 너를 막아선 적이 있잖아. 그때 너는 짜증을 냈었지. 이런 장난 왜 치느냐고 말이야. 나는 바로 미안하다고 사과해야 했는데 그러지 못했어. 그냥 멋쩍은 웃음만 지었었네. 지금 생각해 보면 내가 왜 그랬나 싶어. 네가 불편해할 게 뻔한데 말이야. 앞으로는 절대 그런 장난치지 않을게. 그리고 잘못한 일이 있으면 바로바로 제대로 사과할게.

그리고 내가 평소에 너를 서운하게 만든 점이 있지 않을까, 하는 생각이 들었어. 나는 가끔, 엄마한테도

무신경하다는 소리를 듣는단 말이야. 내가 모르는 사이에 나의 무신경한 모습에 네가 상처받지는 않았을까, 하는 생각이 들었지. 혹시 내가 서운하게 하거나 잘못한 점이 있으면 말해줄래? 꼭 고칠게. 그리고 그 부분은 특별히 신경 써서 너를 속상하게 만드는 일이 없도록 할게.

학교에서 너랑 이야기 나눌 수 없는 게 너무 슬펐어. 너는 내 가장 친한 친구인데…….

답장 기다려도 될까? 난 너랑 앞으로도 쭉 친하게 지내고 싶어. 3학년이 되어서도, 고등학생이 되어서도, 대학생이 되어서도! 우리 우정은 영원할 거란 생각에는 변함이 없어.

여기까지 읽어줘서 고마워.

20**년 5월 3일 정민이가

편지지 한 장을 가득 채운 편지였다. 나는 편지지를 두 번 접어 작게 만들고 연분홍색과 노란색 꽃무늬로 뒤덮인 봉투에 정성스럽게 넣었다. 내일 학교에 가서 은수 서랍 안에 편지를 넣어두어야겠다. 은수보다 먼저 교실에 도착하려면 내일은 좀 일찍 집을 나서야겠지. 부디 은수의 답장을 받을 수 있었으면 좋겠는데…….

스승의 날 1

 은수가 나에게 말을 걸지 않고, 나도 은수에게 말을 걸 수 없게 된 지 2주가 다 되어가고 있었다. 5월 4일에는 일찍 등교하여 은수 서랍 안에 편지를 넣어두었다. 은수가 교실에 나타나기를 초조하게 기다리고, 은수가 교과서를 꺼내다가 발견한 편지를 가방에 넣는 것까지 확인했다. 그렇지만 그뿐이었다. 나는 매일 은수의 답장을 초조하게 기다렸다. 혹시 서랍 안에 넣어두었을까, 사물함 안에 넣어두었을까, 매일 기대하며 확인해 보았지만……. 지금까지 답장이 없다는 것은 앞으로도 없을 거라는 이야기였다.

스승의 날 하루 전날인 5월 14일 오후, 우리 반 애들은 반장 시현이와 부반장 지민이를 주축으로 스승의 날 이벤트를 의논했었다.

"편지를 써드리는 건 어때?"

"풍선으로 교실 앞을 좀 꾸밀까?"

"노래도 불러드리면 좋겠다."

애들은 여러 가지 의견을 냈다. 반장과 부반장은 애들의 의견을 종합하여, 칠판을 그림으로 꾸미고 풍선으로 교실을 장식하기로 했다. 각자가 손 편지를 써와서 교탁 위에 쌓아두고 선생님이 교실에 들어오면 〈스승의 은혜〉 노래도 불러드리고 말이다.

"내일 아침 일찍, 나랑 지민이랑 같이 교실을 꾸미려고 하는데, 혹시 같이 꾸밀 사람 있을까? 두세 명 정도 더 있으면 좋을 것 같은데."

반장의 말에 지온이가 손을 번쩍 들었다. 지온이의 포니테일이 찰랑, 흔들렸다. 지온이는 요즘 들어 은수와 친하게 지내고 있는 애였다. 학급 임원은 아니지만, 존재감이 큰 애였다. 항상 자신감이 넘치고 이야기도 재미있게 잘해서 지온이와 친해지고 싶어 하는 애들이 많았다.

"내 동생이 풍선 놀이를 좋아해서 집에 풍선이 많거든. 내가 집에서 풍선 챙겨올게!"

지온이의 말에, 몇몇 친구들이 "와~"라며 손뼉을 쳤다.

"또 지원할 사람 있어?"

반장은 교실을 둘러보며 말했다.

지원하는 사람이 없으면 나도 손들어 볼까…….

나는 이런 상황에서 나서기를 좋아하는 성격은 아니지만, 반장 시현이와는 작년에도 같은 반이었고 이야기도 가끔 나누는 사이였다. 그래서 지원자가 없다면 내가 도움이 되고 싶었다. 지원할까 생각한 또 다른 이유도 있었다. 요즘 은수와 부쩍 가깝게 지내는 지온이가 지원하다니. 교실을 꾸미면서 지온이에게 은수가 요즘에 무슨 생각을 하고 있는지 살짝 물어보고 싶었다.

이제 막 손을 들려고 하는데 은수가 먼저 손을 들고 말했다.

"나도 같이 할게!"

밝고 씩씩한 은수의 목소리에 나는 들려던 손을 무릎 위로 내렸다.

은수가 지원을? 은수가 학급 행사에 먼저 나서는 모

습은 처음 보는데…….

은수의 모습이 낯설었다.

"은수 그림 잘 그리잖아. 은수가 칠판에 그림 그리면 되겠다!"

지온이가 은수를 알은체하며 반가운 목소리로 말하자, 몇몇 친구들이 또 "와~"라며 손뼉을 쳤다.

나는 지온이의 말이 왠지 거슬렸다. 은수랑 친하게 지낸 지 얼마 되지도 않은 지온이가 은수에 대해 알은체하는 것이 싫었다. 은수가 그림을 잘 그리는 건 내가 제일 잘 안단 말이야…….

"또 지원할 사람 있어?"

반장은 반 전체를 한 번 둘러보았다. 아무도 손을 들지 않았다.

"없으면 마감할게."

그렇게, 교실을 꾸미는 것은 반장 시현이, 부반장 지민이, 지온이, 은수로 정해졌다. 나도 지원해 볼까, 하는 마음은 은수가 나서는 순간 완전히 사라졌다. 은수가 있는 곳에서는 내가 피해줘야 할 것 같았다.

은수의 무표정을 마주하는 날이면 칼바람이 쌩, 하고 내 마음을 할퀴어 대는 것 같았고, 종일 가슴이 쑤시는 듯 아파오곤 했다. 그러면서도 나 없이 잘 지내고 내가 모르는 부분이 자꾸만 생겨나는 은수가 신경 쓰였다.

 스승의 날 아침이 되었다. 은수가 나를 알은체하지 않은 날 이후로는 학교에 가는 것이 그리 즐겁지 않았다. 특히 오늘 같은 날은 더 그랬다.

 지금 반장, 부반장, 지온이, 은수는 무슨 이야기를 나누고 있을까? 같이 교실 꾸미는 거 재미있겠지? 은수는 다른 애들이랑 아무 일 없었다는 듯 잘 지내네. 내가 신경 쓰이지는 않는 걸까? 난 요즘 뭘 해도 은수가 신경 쓰이는데…….

 은수는 이제 내가 영영 싫어진 걸까. 내가 무엇을 그렇게 잘못했다고? 혹시 지금 애들이랑, 나의 싫은 점을 잔뜩 늘어놓고 있는 건 아닐까…….

 머리가 복잡했다.

 교실 복도에 도착하니, 평소와는 다른 교실의 모습이 창문으로 살짝 보였다. 나는 뒷문을 조용히 열고 교실로 들어갔다. 교실은 무척 멋지게 꾸며져 있었다. 곳곳에 하트 모양으로 붙인 풍선이 있었고 창문에는 알록달록한 삼각형 종이를 긴 줄에 이어 붙인 장식이 달려 있었다. 칠판 한가운데에는 선생님 캐리커처가 귀엽게 그려져 있었고 그 아래에는 공기가 빵빵하게 들어간 풍선 모양의 '선생님, 감사합니다!'라는 글자가 적혀 있었다. 그리고 그 주위로는 폭죽을 터트리며 축하하는 만화 캐릭터들이 그려져 있었다.

"우와! 엄청 멋지게 꾸몄네!"

"풍선 너무 예쁘게 잘 붙였다."

"선생님 캐리커처도 완전 닮게 그렸다!"

"꾸미느라 고생 많았어!"

반 친구들은 교실에 들어와서 한마디씩 했다. 교실을 꾸민 네 명은 반 친구들의 말에 기뻐하며 온 얼굴에 미소를 띠었다. 그리고 교실 앞쪽에서 마지막 정리를 하며 자기들끼리 화기애애하게 이야기를 나누고 있었다.

나는 그 멋진 장식과 그림에, 애들의 왁자지껄함에 주눅이 들었다. 자습 시간에 담임 선생님은 들어오지 않았고 들뜬 분위기의 애들은 삼삼오오 모여 이야기를 나누었다.

교탁 위에는 애들이 담임 선생님에게 쓴 편지가 쌓여 있었다. 나도 가방에서 어제 간단히 써온 편지를 꺼내 교탁 위에 올려두었다. 그리고 잠깐 칠판을 둘러보며 은수가 그렸을 그 캐릭터들을 하나씩 살펴보았다— 나는 아직 은수에게 관심이 있다는 것을 보여주고 싶었다. 은수는 이런 내 모습을 봤대도 모르는 체할 테지만……. 그러다 은수와 내가 둘 다 좋아하는 추리 만화 〈코코아 탐정〉의 주인공인 '코코아'를 발견했고, 난 그 캐릭터를 보자 가슴이 욱신거렸다.

내가 좋아하는 코코아를 너도 여전히 좋아하고 있구나. 코코아를 그릴 때 내 생각은 안 났어? 우리 작년 말에 영화관에 같이 가서 〈코코아 탐정〉 극장판을 보고 굿즈도 같은 걸로 샀었잖아. 코코아는 아직 좋아하면서 나는 왜 싫어진 거야?

멍하니 코코아를 보다가 내 자리로 돌아왔다.

그렇게 나는, 작은 것에도 일일이 의미를 부여하고 일일이 아파하고 있었다. 이러는 내 모습을 은수가 알게 된다면 '피곤한 애야.'라고 생각할지도 모르겠지만…….

그건 너 때문이잖아. 아무 말 없이 돌아서 버린 네 탓.

나는 슬며시 은수를 탓하기도 했다. 은수가 없으니 나를 이루는 아주 중요한 부분 중 하나가 떨어져 나간 것 같았다. 내 몸과 마음은 떨어져 나간 그 부분을 하루

빨리 원상태로 돌려놓으라고 비명을 질러대는 것 같았다. 그렇게 은수는 아직, 내 세상의 중심에 있었고 나는 은수와 다시 사이를 회복하는 것이 지상 최대의 과제처럼 느껴졌다.

스승의 날 2

 1교시 종이 치고 담임 선생님이 교실로 왔다. 오늘은 때마침 1교시가 과학이라, 담임 선생님의 수업 시간이었다. 교실 앞문을 열고 들어온 선생님은 멋지게 꾸며진 교실을 보고는 눈이 동그랗게 커지며 입이 떡 벌어졌다. 그러고는 곧 입가에 미소가 번지며 감격한 목소리로 말했다.
 "이야, 이게 다 뭐야~"
 선생님이 교탁 앞에 서자 반장이 반을 쓱 둘러보고는 외쳤다.
 "준비, 시~작해요~!"

그 신호에 맞춰 우리 반 애들은 다 같이 〈스승의 은혜〉 노래를 불렀다.

"스승의 은혜는~"

은수와 내가 같은 교실에서 같은 노래를 부르고 있을 때, 은수와 나를 이어주는 연결고리가 아직은 남아 있다는 생각이 들었다. 우리는 아직 이렇게 같은 행사에 참여할 수 있으며 같은 곳을 바라볼 수 있다. 우리 반 애들이 다 같이 웃을 때, 걔도 웃고 나도 웃을 수 있다. 그렇다면……. 그렇다면……!

노래를 다 들은 선생님의 목소리는 평소보다 들떠 있었다.

"다들 정말 고마워! 편지도 이렇게 다……. 잘 읽어 볼게. 교실은 언제 또 꾸몄어……. 그림도 너무 잘 그렸네."

"그림은 은수가 그렸어요! 은수, 지온이랑 반장, 부반장이 일찍 와서 꾸몄어요!"

지온이네 무리 중 한 명인 우주가 재빨리 말했다. 선생님은 교실을 꾸민 애들 한 명 한 명을 바라보며 고맙다는 눈인사를 했다.

 나는 그 모든 장면의 조용한 관찰자였다. 어렸을 적 보았던 어린이 드라마의 한 장면이 눈앞에서 펼쳐지는 것 같았다. 담임 선생님과 4인방을 충실히 찍어댈 카메라. 뷰파인더에 비칠까 말까 한 흐릿한 나. 내가 이 행사에 기여한 부분이라고는 어제 써 온 짧은 편지 한 장과 노래 한 곡—서른 명 중 한 명의 목소리로— 정도. 내가 있든 없든 아무 차이가 없을 것 같은 지금 이곳.

 하지만 흥겨워 보이는 이 분위기가 싫지만은 않았다. 나도 입꼬리를 조금 올리고 눈꼬리를 조금 내리고 있으면, 내가 이 교실 한구석에서 계속 그렇게 있어도 괜찮을 것 같은 기분이 들었기 때문이다.

 그렇게 축하를 한바탕하고는, 놀 기회를 호시탐탐 살피던 몇몇 애들이 나섰다.

 "선생님, 놀아요~"

 "놀아요! 놀아요!"

 담임 선생님은 반 애들이 다 같이 참여하는 재미있는 게임 활동을 두세 번 소개해 준 적이 있어서, 애들은 기대에 찬 눈으로 선생님을 바라보았다.

 선생님은 괜스레 과학책을 뒤적거리며 말했다.

"응? 오늘은 진도 나가려고 했는데…….''

아무래도 마음에 없는 말 같았지만 말이다.

"에이, 선생님! 오늘 같은 날에도 공부예요?"

지온이가 부모님께 사탕을 사달라고 조르는 아이처럼 말했다.

"오늘 같은 날이 왜? 선생님이 힘내서 더 열심히 가르치는 날 아니야?"

천연덕스러운 선생님의 말에 반장이 재빨리 대답했다.

"선생님, 오늘 같은 날은 선생님이 푹 쉬시면서 편하게 보내시는 날이죠!"

"놀아요! 놀아요!"

애들의 아우성에 선생님은 못 이기는 척 말했다.

"그럼, 오늘은 게임 활동 하는 걸로 할까?"

"네에!"

신이 난 애들은 우렁차게 대답했다.

"알았어. 오늘 게임 활동 시켜줄게. 그런데 게임 활동 진행이, 진도 나가는 것보다 훨씬 힘든데…….''

짐짓 지친체하는 선생님의 말에 부반장 지민이는 "스승의 은혜는~"이라고 재차 우렁차게 노래를 부르기 시작했다. 그 모습을 본 선생님은 하하 웃음을 터트렸다.

그러고는 다음과 같은 제안을 했다.

"오늘은 게임 벌칙으로 노래 부르기 어때? 너희들 노래 실력이 궁금하네. 스승의 날이니 이 정도 소원은 들어줄 거지?"

"네에~"

선생님의 말에 애들은 아까보다는 작은 목소리로 대답했다.

나는 이 많은 애들 앞에서 노래 부르는 것이 두려웠기 때문에 벌칙을 '노래 부르기'로 하자는 선생님의 말에 대답하지 않았지만……. 다들 즐거워하는 왁자지껄한 분위기를 망치기 싫어서 게임 활동이 기대된다는 표정을 지어 보였다—어렵진 않다. 입꼬리를 볼 쪽으로 살짝 끌어올리면 된다—.

"그럼, 게임 활동 대형으로 만들어 보든가."

담임 선생님의 유쾌한 말에, 우리는 책상과 의자를 교실 뒤로 밀고 동그랗게 바닥에 앉았다.

선생님은 '당신의 이웃을 사랑하십니까', '마피아 게임' 등의 진행을 맡아줬고 다들 즐겁게 참여했다. 나는 져서 벌칙 받는 것만큼은 피하고 싶었기 때문에 열심히 참여했다. 게임 활동 중 이동할 때 은수와 가까운 곳으로 가지 않기 위해 신경 쓰고 있어야 해서 좀 힘들었지만 말이다.

다연이, 하윤이, 경진이, 이레, 규민이가 벌칙에 걸려 차례로 우리가 앉아 있는 원 안으로 들어가서 노래를 부르고 돌아왔다. 애들은 별로 떨지도 않고 최신 가요를 잘 불렀다. 지온이네 무리 중 한 명인 규민이는 심지어 춤을 추며 최신 가요를 부르기도 했는데, 그 모습이 마치 아이돌 같았다. 규민이의 노래를 따라 부르는 애들도 여럿이었다. 무대에 서는 것을 두려워하지 않는 애들과 이 상황을 즐기며 노래를 따라 부르는 애들이 대단해 보였다. 나는 벌칙 받는 애들을 보는 것만으로도 이마에 땀이 송골송골 맺히고 손바닥이 축축해졌다.

이제 끝말잇기 게임이 시작되었다. 시계방향으로 돌아가며 끝말잇기를 하는데, 3초 안에 말하지 못하면 탈락이었다.

난, 반 애들 앞에서 발표까지는 어떻게든 하겠는데, 노래는 도저히 못 할 것 같은데…….

갑자기 끼어든 생각에 잠깐 집중력을 잃은 나는, '라면' 다음의 단어를 떠올리지 못하여 보기 좋게 벌칙에 걸리고 말았다!

"윤정민! 윤정민! 윤정민!"

애들이 흥겹게 내 이름을 외쳤다. 나는 느릿하게 일어나서 원 안에 들어갔다. 입안이 마르고 몸이 덜덜 떨렸다. 도망가고 싶은 동시에 벌칙을 어떻게든 완수해야겠다는 생각이 들었다.

무슨 노래를 부르지? 아는 노래가 별로 없는데…….

이마에서부터 흘러 내려온 땀 한 방울이 뺨과 턱을 지나 교실 바닥에 똑, 하고 떨어졌다. 나는 이내, 작년에 영화관에서 듣고는 좋아서 수십 번은 들은 〈코코아 탐정〉의 주제가를 떠올렸다.

그래, 이거라도 불러야겠다.

나는 떨리는 목소리로 노래 부르기 시작했다.

"나는 코코아가 궁금해.
코코아는 그 모든 걸
어떻게 이미 알고 있었을까~"

내 눈동자는 불안하게 데굴거리고 있었을 것이다. 1절을 다 부르고 자리로 돌아올 때는 다리에 힘이 풀려서 털썩 주저앉았다. 우리 반 애들은 이럴 때 보면 무척

관대하다. 나의 노래 실력이 썩 좋지 않음에도 박수를 아끼지 않았다.

"오오~ 정민이 노래 잘하는데~"

라고 말해주는 친구도 있었다.

100m 달리기 출발선에 선 듯 매우 긴장했던 나의 마음은 어느새, 결승선을 통과한 듯한 흥분과 안도감으로 가득 차 있었다. 심장이 세차게 뛰고 있는 게 느껴졌다. 벌칙에 걸리기가 너무나도 싫었지만, 벌칙을 완수하고 나니 기억은 순식간에 미화되어 그리 나쁘지만은 않았다고 생각되기까지 하였다.

그리고 나는 보았다. 애들의 웃는 모습 속에서 은수의 살짝 웃음 띤 얼굴을.

은수의 그 웃음은 나를 향한 것은 아닐 터였다. 그렇다면 그건, 자신의 사회성이 원만하다는 것을 다른 애들에게 어필하기 위한 것이었을까? 자신은 누구랑도 잘 지낼 수 있고 어떤 상황에서도 유쾌하게 어울릴 수 있는 애라는 것을 보여주고 싶었던 걸까?

내가 노래 부를 때 얼굴을 구기고 있으면 주변에 있던 애들이 "왜, 무슨 일 있어?"라고 물어볼 수도 있으니……. 그게 귀찮았을 수도 있다. 그래서 대충 적당히,

그 장소에 어울리는 표정을 짓고 있었을지도……. 아니면 정말 나에 대해서 아무 생각도 없었던 걸까?

 난 그렇게 그 애의 작은 표정 변화에도 신경 쓰고 있었고, 누구도 내가 그 애에게 이렇게까지 신경 쓰고 있다는 것을 몰랐다.
 은수가 나를 알은체하지 않은 이후로 자세히 살펴보니, 은수는 굳이 주변 애들에게 "정민이와 멀어졌어." 같은 이야기를 하고 다니지 않는 것 같았다. 나는 그런 점도 조금은 이상하게 느껴졌다. 나를 한순간에 모른 척한다는 것은 나에게 무척 실망한 일이 있거나, 나의 싫은 점이 견딜 수 없어졌거나, 하여간 어떠한 이유가 있을 터였다. 그런데 은수는 나에 대해 이렇다 저렇다 말하지 않는다.
 누군가에 대한 좋지 않은 감정은 자신도 모르는 사이에 새어나가지 않나? 내가 싫어하는 애를 친구도 싫어했으면 좋겠다는 생각이 들지 않나? 그렇다면 은수는 지금, 나에 대한 최소한의 의리를 지키는 중인 걸까……?
 나는 생각에 잠겼다.

1교시의 게임 활동 후 다른 과목 선생님이 들어왔을 때도 우리 반 애들은 〈스승의 은혜〉 노래를 한판 부른 다음, 재미있는 이야기를 해달라고 하거나 영화를 보여달라고 졸라댔다. 그러면 선생님들은 못 이기는 척 우리들의 부탁을 들어주었다.

나는 오늘 내내, 아까 잠깐 본 은수의 미소를 떠올리고 있었다. 오랜만에 마음이 조금은 느슨해진 하루였다.

〈길 위의 스쿨밴드〉

 어느새 계절은 여름에 접어들고 있었다. 하복을 입고 등교하기 시작했고 아침에 교실에 들어가서는 이마의 땀을 훔쳐야 했다.
 나는 은수와 내가 서로를 알은체하지 않는 상황에 조금씩 적응해 가기 시작했다. 처음 몇 주간은 매 순간이 아팠다. 어쩌다가 복도에서 둘이 얼굴이라도 마주하게 되면, 나는 심장이 쿵 떨어지는 것 같았고 은수는 찡그린 표정으로 나를 지나치곤 했다.
 은수는 스승의 날을 기점으로 좀 더 자신의 존재감을 드러내며 학교에 다니고 있었다. 쉬는 시간에 지온이네 무리와 교실에서 왁자지껄 이야기 나누는 은수가 낯설었다.

내가 아는 은수는 나서는 것을 그리 좋아하는 성격은 아니었다. 딱 한 번, 그 애 속의 불꽃을 엿본 듯한 느낌을 받은 적은 있었지만 말이다. 그 불꽃은 모두에게 사랑받는 주인공의 자리는 자기 것이라는 듯이, 자신은 전혀 다른 사람이 될 수도 있다는 듯이 타올랐지만, 그것을 엿본 순간이 아주 잠시였기 때문에 나는 '내 착각이었나…….'라고 생각했었다.

작년 가을 학예회 때였다. 각 반에서 협동 작품을 하나씩 내야 해서 우리 반은 학급 회의를 통해 모자이크 협동화를 내기로 결정했었다. 밑그림 그릴 사람을 정할 때 추천받은 몇 명 중 한 명이 은수였다. 반 애들의 투표를 통해 최종적으로는 은수가 밑그림을 맡게 되었고, 우리 반의 모자이크 협동화는 학교에서 반응이 좋았다. 선생님들이 우리 반을 칭찬—"너희 반 협동화는 퀄리티가 남다르던데.", "밑그림은 누가 그렸어?", "구도랑 운동감이 대단하더라." 같은 말들—할 때, 은수의 얼굴에 만족스러운 미소가 떠올랐었다. 평소에는 잘 볼 수 없는 미소였다. 은수는 어쩌면 주목받는 것을 늘 원하고 있었던 게 아닐까? 내가 그것을 잘 알아차려 주지 못한 것이, 그 애의 장점을 좀 더 칭찬하지 못한 것이, 절교의 원인이 된 것일까……. 나는 이런 생각에 잠겨 울적하기도 했다.

그렇다고 해서, 은수가 나를 알은체하지 않은 이후로 내가 혼자 외롭게 학교에 다니고 있었던 것은 아니었다. 학기 초부터 점심을 같이 먹던 경진이, 주영이, 서연이와 좀 더 가깝게 지내게 된 것이다. 활발한 분위기 메이커 경진이, 언니처럼 리드하는 야무진 주영이, 다른 사람의 기분을 잘 알아차리고 유머 감각이 있는 서연이. 다들 각자의 매력으로 빛나는 친구들이었다.

교실 이동을 할 때나 조별 과제를 할 때, 경진이, 주영이, 서연이는 나를 항상 챙겨주었다. 내가 개들에게 속한 것이 아주 당연하다는 듯이…….

오늘 점심을 먹을 때 경진이가 말했다.

"이번 주 토요일에 우리 영화 보러 갈래? 음악 영화가 개봉했더라고. 음악 선생님이 다음 달 안에 음악 영화 보고 감상문 써내라고 하셨잖아."

"좋지! 영화관 가서 같이 보면 되겠다. 우리 주말에

만나는 건 처음이잖아. 재밌겠다!"

주영이는 기다렸다는 듯이 웃으며 말했다.

"그 영화 제목 〈길 위의 스쿨밴드〉지? 나 안 그래도 영화관 가서 봐야겠다고 생각하고 있었잖아. 같이 보면 정말 좋겠다. 정민이 너도 갈 거지?"

서연이가 기대에 찬 눈으로 나를 바라보았다. 나도 이번 주 토요일에 별일이 없으니 같이 가볼까. 이 친구들과 주말에도 만나서 노는구나. 이렇게 점점 친해져 가는 거겠지…….

"그래. 나도 갈게."

나까지 미소를 띠며 승낙하자 경진이가 신이 나서 말했다.

"우리 점심 맛있는 걸로 사 먹고 요거트 카페도 갈래?"

"좋지! 맛집 찾아보자."

주말에 만나서 놀 생각에 서연이도 들뜬 모습이었다.

점심을 다 먹고 우리는 영화 시간을 체크하고 맛집을 찾아보았다. 친구들과 주말 계획을 세우고 있는 이 순간이 평화롭다는 생각을 잠깐 했다.

우리는 토요일 오전 10시에 만나 영화를 본 후, 떡볶이를 먹고 요거트 카페에 가기로 했다. 주말에 약속이 잡힌 것은 정말 오랜만이었다. 은수와 친했을 때는 주말에 종종 은수와 만나서 놀았는데. 은수와 사이가 멀어지고는 주말에 거의 외출하지 않았다. 오랜만에 주말 약속이 생겨서 조금 기쁘기도 했다.

 토요일이 되었다. 나는 얼마 전에 엄마가 새로 사주신 청바지에 〈코코아 탐정〉 굿즈 티셔츠를 입고 집을 나섰다.

 만화 캐릭터 티셔츠는 좀 유치하려나? 그래도 내가 제일 좋아하는 티셔츠니까.

 사복 차림으로 친구들을 처음 만나려니 괜스레 신경이 쓰였다.

 영화관은 우리 집에서 버스로 네 정거장 떨어진 곳에 있었다. 준비를 서둘렀더니 약속 시간 20분 전에 영화관에 도착할 수 있었다. 곧 주영이, 서연이, 경진이가 영화관에 차례로 도착했다.

 친구들의 사복 차림이 신선했다. 주영이는 네이비색 원피스와 반짝이는 검정 구두가 멋졌고 서연이는 쇼트커트 한 머리에 쓴 캡 모자와 힙합 스타일 패션이 잘 어울렸다. 경진이는 흰색 바지와 연두색 셔츠가 이 계절처럼 싱그러워 보였다. 친구들의 모르던 모습을 보니 왠지 가슴이 욱신거렸다.

친구들을 조금씩 알아가는 것은 아름다운 일이야. 은수와 처음으로 주말에 놀았을 때 그 애는 연보라색 티셔츠를 입고 나타났던가. 그때는 그 애의 걸음걸이에서도 즐거워하는 마음을 읽을 수 있었는데…….

나도 모르는 사이에 또 은수 생각을 해버렸다. '오늘은 경진이, 주영이, 서연이랑 같이 놀러 나온 거니까 은수 생각은 말아야지.'라고 마음을 다잡았다.

우리는 곧 영화를 보러 들어갔다. 〈길 위의 스쿨밴드〉는 음악을 좋아하는 고등학생들이 스쿨밴드를 결성하여 온갖 갈등을 극복하고 멋진 무대를 보여주는 청춘 음악 영화였다. 주인공 동우와 지헌이는 오해로 인해 서로 아는 척도 안 하고 지냈는데, 청소년 밴드 대회를 준비하는 과정에서 오해가 풀리고 사이를 회복할 수 있었다. 서로 아는 척하지 않는 상황에서, 동우가 다른 친구들에게 모함당했을 때 지헌이가 동우 편을 들어주는 장면이 감동적이었다.

나는 그 장면을 볼 때 또다시 은수를 떠올렸다. 은수

가 저런 위기에 처한다면? 다들 은수를 나쁜 애라고 말하는 거다. 그때 내가 은수에게 "난 네 편이야."라며, 그 애 옆에 있는다면? 은수는 그럼, 다시 나를 봐줄까? 그렇지만 이런 위기는 영화에서나 찾아오는 거겠지. 우리에게는 이 상황을 바꿀만한 어떠한 일도 일어나지 않겠지. 그건 나도 아는 바지만······.

그렇게 영화를 다 보고, 우리는 미리 알아봐 둔 떡볶이 맛집 '나비 떡볶이'로 향했다. '나비 떡볶이'는 영화관에서 그리 멀지 않은 곳에 있었다. 치즈떡볶이, 순대, 튀김 세트를 시키고 우리는 영화에 대한 감상을 나누었다.

"영화 정말 감동적이더라."

경진이는 먼 곳을 바라보는 눈으로 말했다. 영화의 장면을 다시 떠올리고 있는 것 같았다.

"지헌이가 너무 멋있던걸. 진짜 내 이상형!"

주영이도 한껏 감상에 빠진 얼굴이었다.

"나도 지헌이한테 반했잖아. 나오는 노래도 너무 좋았어. 당장 플레이리스트에 추가해서 들으려고."

나도 감상을 말했다.

"우리 학교에서 밴드 결성하고 싶더라. 악기 연주할

수 있는 사람?"

서연이는 우리의 얼굴을 보며 말했다.

"나 할 줄 아는 거 하나도 없잖아. 캬캬캬."

경진이는 유쾌하게 대답했다.

"나도 트라이앵글 조금 치는 정도?"

나의 말에 친구들이 와하하 웃었다. 우리는 악기를 연주할 수 있는 사람이 없어 스쿨밴드를 만들지는 못하겠지만……. 이렇게 영화를 보러 다니며 즐겁게 어울릴 수는 있겠구나.

친구들과 떡볶이를 기다리며 웃음을 터트리는 상황이 생경하면서도 재미있었다. 아직 이 친구들이 내 마음 깊은 곳까지 잘 알아주는—예전에 은수가 그랬던 것처럼— 친구들은 아니라서 조금 허전한 생각이 들긴 했지만 말이다. 그렇지만 시작은 원래 이렇게 조금 어색하면서도 간지러운 것이니까.

"치떡 세트 나왔습니다~"

주인아저씨가 우리 앞으로 음식을 가져다주었다.

"우와! 진짜 맛있겠다!"

서연이는 눈을 반짝이며 말했다.

"어서 먹어볼까?"

"아, 잠깐만! 사진 한 장만!"

"까먹을 뻔! 나도 사진 찍어야지!"

우당탕탕 소리가 나는 듯한 대화. 우리는 기념사진을 몇 장 남기고는 맛있게 먹기 시작했다. 치즈떡볶이는 고추장과 마요네즈가 섞인 소스에, 쭉 늘어나는 치즈가 일품이었다. 쫄깃한 순대를 떡볶이 국물에 콕 찍어 먹는 것도 별미였다. 오징어, 고구마, 고추튀김은 어찌나 바삭바삭하던지! 친구들은 먹는 데 진심인 애들이었다. 음식이 나오고부터는 맛있는 것을 먹어치우느라 정신이 없었고, 우리 앞의 음식은 빠르게 사라졌다.

배가 부른 우리는 그제야 다른 이야기를 나눌 수 있었다. 주영이가 뭔가 생각난 듯 은수 이야기를 꺼냈다.

"근데 학기 초에 우리랑 같이 밥 먹던 은수 있잖아. 걔는 왜 다른 애들이랑 같이 밥 먹기 시작한 거야?"

그 말을 들은 경진이는 아직도 뭐가 뭔지 모르겠다는 표정을 지으며 말했다.

"몰라, 어느 날 갑자기 나한테, 지온이네랑 같이 밥 먹을 거라고 하더라."

눈치가 빠른 서연이는 나를 바라보았다.

"정민아, 혹시 은수랑 싸웠어? 둘이 1학년 때부터 친하게 지냈잖아."

　나는 어떻게 대답해야 할지 망설였다. 친구들이 그동안 은수 이야기를 꺼내지 않아서, 걔가 다른 애들이랑 밥 먹는 것에 별로 신경 안 쓰고 있는 줄 알았다.

　"싸운 건 아니야……. 은수가 어느 날부터 갑자기 모르는 척을 하더라고. 왜 그러는지는 잘 모르겠어."

　내 말을 들은 주영이가 어이없다는 듯 말했다.

　"걔 너무하는 거 아니야? 갑자기 모르는 척하는 건 좀 아니지. 오해가 있으면 풀든가. 갑자기 다른 무리랑 같이 밥 먹겠다고 통보했을 때, 좀 황당하긴 했어."

　경진이의 눈썹 사이에 주름이 잡혔다.

　"그러니까 말이야. 황당한 것도 황당한 거고, 요새 보면 걔 좀 나대는 것 같지 않아? 스승의 날부턴가? 자기가 뭐라고. 만화 좀 잘 그린다고 너무 나대는 것 같아."

　서연이가 맞장구쳤다.

　"맞아. 그림은 솔직히 경진이가 더 잘 그리지. 은수 걔, 지온이네랑 어울리면서 목소리도 커졌어. 정민아, 걔 1학년 때는 어땠어?"

　"1학년 때는 좀 조용한 편이고 착했는데……. 나랑도 잘 지냈는데 요새는 왜 그런지 잘 모르겠어. 그런데 개 막 나쁜 애는 아니야. 1학년 때는 내 이야기도 잘 들어주고 친구들 이야기도 잘 들어주고 그랬어. 재미있는 구석도 있고 말이야."

나의 대답을 들은 경진이는 말했다.

"우리야, 걔랑 많이 놀았던 것도 아니고, 뭐, 다른 무리로 가든 말든 별 상관은 없지만 말이야. 정민이가 좀 상처받은 건 아닌지 모르겠네."

"그러게 말이야. 정민이는 아직도 이렇게 은수에 대해 좋게 이야기해 주는데 말이야."

주영이의 말에 나는 뭐라고 반응해야 할지 몰랐다. 내가 은수에 대해 가지고 있는 마음을 친구들에게 아주 솔직하게 이야기하지는 못했다.

'은수는 나랑 잘 맞고 내 이야기를 잘 들어주던 좋은 친구였지만 나를 모르는 척하는 시간이 길어질수록, 걔를 미워하는 마음이 조금씩 생기고 있어. 나도 너희들 말에 동조하며 "그래! 걔가 나대는 꼴을 보니 짜증이 나더라!"라고 말하고 싶은 것을 꾹 참았어. 왜냐하면 나는 아직 은수랑 사이를 회복하고 싶은 마음이 가득하고, 은수가 만약 내일부터라도 나에게 같이 다니자고 말한다면 나는 어쩌면 당장이라도 다정한 너희들을 떠날 수

도 있을 것 같아.'

라는 말을 어떻게 할 수 있겠는가!

내가 은수에 대해 나쁘게 이야기하지 않자, 친구들은 은수 이야기를 계속하는 것에 흥미를 잃은 것 같았다. 애초에 내 편을 들어주고 싶어서 꺼낸 이야기인지도 모른다. 우리의 화제는 곧, 좋아하는 아이돌 이야기로 옮겨 갔다. 그 후에도 우리는 요거트 카페에 가서 여러 가지 토핑을 잔뜩 얹은 요거트를 먹고, 네 컷 사진도 찍고 난 후에야 헤어졌다.

집에 와서는 오늘 본 영화와 은수 생각으로 머릿속이 가득 찼다.

친구들 앞에서 은수를 나쁘게 이야기하지 않은 것은, 내가 조금이라도 그 애를 나쁘게 이야기한다면 다시는 돌이킬 수 없을 것 같았기 때문이다. 아직 우리 사이를 연결하는 다리가 완전히 끊어져 버린 것은 아니라고 믿고 싶었다. 〈길 위의 스쿨밴드〉의 동우와 지헌이처럼 우리는 다시 화해할 수 있는 게 아닐까?

내 머릿속에서는 은수가 위기에 빠지고, 은수가 외톨이가 되는 장면이 여러 가지 시나리오로 떠올랐다. 그리고 그 모든 시나리오 속의 구원자는 나였다. 위기 상황을 맞이한 은수, 그 상황에서 힘이 센 내가—실제로는 힘도 영향력도 크지 않은 나지만— 그 애의 편이 되어준다면……. 그러면 은수도 다시 나에게 잘해주고 싶은 생각이 들지 않을까? 은수의 차가운 눈동자가 놀라움과 고마움으로 물드는 장면을 몇 번이나 상상하다가 스르륵 잠에 빠져들었다.

방학식

 여름 방학이 다가오는데 은수와 나의 사이는 멀어진 그대로였다. 나는 점점 두려워졌다. 이러다가 영영 은수와 화해할 수 없는 것이 아닐까? 예전에는 은수와 내가 서로를 잘 알고 있다고 생각했었다. 걔가 내 눈을 빤히 쳐다보고 입꼬리를 올리면, "이번 주말에 영화 보자고?"라고 말하곤 했었다. 그러면 은수는 "내가 그 말 하려는 거 어떻게 알았어?"라며 매번 놀랐는데 그 모습이 귀여웠다. 곤란한 일이 있으면 표정에서 바로 드러나서, 내가 "무슨 일 있어?"라고 물어봤었다. 그러면 은수는 걱정을 털어놓았고 같이 해결책을 찾곤 했었다. 내가 컨디션이 좋지 않은 날에 은수는 초코 우유를 쓱 내밀기도 했었다. 내가 다른 친구에게 스트레스를 받는 일이 있으면 "걔는 왜 그런대. 내가 한마디 해줘?"—실제로 한마디 해줄 수는 없었겠지만—라며 내 편을 들어주어서 얼마나 든든했는지 모른다. 그렇게 잘 통하던 은수와 나인데. 이제는 점점 걔가 무슨 생각을 하고 있는지 알기 어려워졌다. 빛나던 눈동자가 이제는 그저 까맣게 까맣게, 알 수 없는 어둠으로 변해버렸다.

나는 은수로 인해 늘 마음 한구석이 울적했지만, 학교에서는 티를 내지 않으려고 애쓰고 있었다. 경진이, 주영이, 서연이와 친하게 지내고 있는 상황에서, 은수가 없는 것이 내 마음에 큰 구멍이 난 것 같은 상실이란 것을 들키고 싶지 않았다. 경진이, 주영이, 서연이만으로도 내 학교생활이 충만한 것처럼, 이제 은수는 잊은 척하며 학교에 다니고 있었다. 간혹 복도에서 은수와 마주치게 되었을 때도 그쪽에 마치 아무것도 없는 것처럼 그저 먼 곳을 응시하며 지나치는 요령도 생겼다. 하지만 가끔은 미친 척 은수를 붙잡고, "도대체 나한테 왜 그러는데!"라고 외치고 싶었다. 나는 매번 어떻게든 참아냈지만 말이다.

이런 나날이 지속되다 보니, 전처럼 공부에 집중하기 어려웠다. 엄마는 중간고사 성적보다 기말고사 성적이 떨어지자, 여름 방학 때는 학원에 다녀보는 게 어떠냐고 권하셨다. 1학기 중간고사에서는 반에서 손에 꼽히는 성적을 받았었다. 중간고사를 치기 전에는 은수와 사이도 좋았고 안정된 나날을 보내고 있었기 때문에 평소 실력을 발휘할 수 있었다. 하지만 5월부터는 은수와의 일 때문에 수업 시간에 집중이 흐트러질 때가 종종 있었고, 마음이 힘든 날이 많았다. 그리하여 전체적으로 성적이 떨어지니 엄마는 지금까지 한 번도 권하지 않았던 학원을 권하신 것이다.

방학 때 울적하게 있는 것보다 어디라도 나가서 뭐라도 하는 게 좋겠다는 생각이 들어 엄마께 한번 알아봐 달라고 했다. 엄마는 이곳저곳에서 학원 정보를 알아보셨다. 그러고는 한 곳을 추천해 주셨다.

"민아 언니 알지? 글밭 학원 다니고 성적 많이 올랐다더라."

엄마가 친구 딸의 이름을 꺼내며 추천해 주신 그 학원은 우리 집에서 버스로 40분은 가야 하는 곳이었다.

거기라면, 우리 학교 애들은 안 오려나……

한 학기 동안 우리 반에서 아무렇지 않은 척하기 위해 노력했던 시간들이 떠올랐다. 은수와 알은체하지 않은 이후로 신경 쓰이는 일들이 너무 많았다. 선생님들이 직접 모둠을 짜주고 활동을 시킬 때는, 혹여 은수와 같은 모둠이 되지 않을까 신경 쓰였다. 다행히 은수와 나를 같은 모둠에 넣은 선생님은 없었지만, 지온이네 무리인 우주, 규민이와 같은 모둠이 된 적은 있었다. 은수와 늘 가깝게 지내고 있는 애들 앞에서는 행동거지가 조심스러웠다. 적당히 거리를 두면서 흐트러진 모습을 보이면 안 된다는 생각에 평소보다 더 애써야 했다. '지온이네 무리가 내 뒷담화를 하는 건 아닐까……?' 하는 생각이 무심코 떠올랐다 가라앉기가 여러 차례였.

은수 혼자 발표할 때나 은수가 속한 모둠이 발표할 때는, 사실은 은수가 있는 쪽을 제대로 쳐다보기도 어려우면서 아무렇지 않은 모습을 가장했다. 열심히 듣는 척 고개 끄덕이기, 손뼉 칠 타이밍 놓치지 않기, 밝은 표정 짓기 등. 이렇게 적당한 호응을 해 보이는 것에는 에너지가 많이 들어갔다.

경진이, 주영이, 서연이가 은수랑 같은 모둠에서 활동하게 되는 것도, 티를 내지 않는다고 내 나름대로 노력했지만, 늘 신경 쓰였다. 은수는 나를 제외한 친구들에게는 밝은 태도를 유지하고 있었으므로. 나와 친하게 지내고 있는 애들이 '은수가, 생각했던 것보다 괜찮은 애일지도 모르겠네.'라는 생각을 조금이라도 가지게 되는 것도 마뜩잖았다.

은수와 관련된 일에는 '자연스럽게'가 불가능했다. 이 모든 것들로 인해 너무 피곤했다.

방학 때 우리 학교 애들이랑 마주치지 않고 보낸다면, 그리고 은수에게서 좀 떨어져서 보낸다면 난 좀 느긋해질 수 있을까? 글밭 학원은 좋은 선택일 수도 있다. 나는 엄마께 방학 때 글밭 학원에 간다고 했다. 엄마는 여름 방학 3주간, 평일 오전에 4시간 수업을 듣고 오후에 4시간 자습을 하고 오는 여름특강반을 신청해 두셨다.

방학식 날 아침, 교실로 들어서니 친한 애들끼리 삼삼오오 모여서 수다를 떨고 있었다. 간간이 웃음소리가 들렸고 한껏 기대에 찬 목소리로 방학 계획을 말하는 애들도 있었다. 방학 하루 전날의 들뜬 분위기가 싫지 않았.

주영이 자리 근처에 서연이와 경진이가 모여 있었다.

나도 가방을 내려놓고 근처로 다가갔다. 서연이가 신난 얼굴로 말했다.

"벌써 방학이라니. 중학생 되고부터는 시간이 왜 이렇게 잘 가니."

경진이는 고개를 끄덕이며 말했다.

"그러게 말이야. 초등학생 때는 한 학기가 엄청나게 길었던 것 같은데. 우리도 나이 들었나 봐. 크크. 방학 때 다들 뭐 해?"

경진이의 질문에 주영이가 대답했다.

"이번 방학 때는 뉴질랜드에 있는 이모 댁에 다녀오기로 했어."

경진이는 부럽다는 듯이 말했다.

"이모가 뉴질랜드에 살아? 진짜 좋겠다! 얼마나 있다 오는데?"

"모레 출발해서 방학 전전날에 돌아와. 거기서 영어 수업도 받고 놀다 오기로 했어."

"우와! 난 왜 해외에 사는 친척이 없을까!"

경진이의 말에 우리는 깔깔거렸다.

"난 글밭 학원 여름특강반에 3주간 다니기로 했어. 거기 다니다 보면 방학 다 끝날 듯."

나는 짐짓 울상을 지으며 말했다.

서연이는, "이야~ 얼마나 더 잘하려는 거야~"라며 익살스러운 표정으로 나를 흘겨보았다. 그리고 말을 이었다.

"나는 외할머니 댁에 2주간 다녀오기로 했어. 나, 초등학교 입학 전까지 외할머니 댁에서 자랐거든. 그래서 방학 때마다 좀 길게 있다가 와. 거기에 어렸을 적 친구들도 아직 살고 있다? 방학 때마다 다시 만나는데 이번에도 만나서 재밌게 놀 것 같아."

계획을 말하는 서연이의 눈이 반짝였다.

경진이도 방학 계획을 말해주었다.

"나는 학기 중에 다니고 있던 미술학원에 계속 다닐 듯? 가족들이랑 여행도 한번 다녀오려고 해."

다들 방학 때 일정이 바쁜 것 같았다. 방학 중에는 친구들과 만나기 어렵겠다고 생각하고 있는데 주영이가 말했다.

"방학 중에 우리 만날 수는 없겠네. 개학하고 또 재미있게 보내자. 종종 연락할게!"

"그래, 나도 시골의 맑은 공기 사진 찍어서 보낼게."

서연이는 웃으며 말했다. 맑은 공기를 찍어 보낸다는

서연이의 말에 우리는 다 같이 웃었다. 나는 서연이가 가끔 하는 유머가 좋았다. 서연이는 우리를 빵 터지게 했고, 그 순간만큼은 나도 다른 걱정은 하지 않고 그저 즐겁게 웃을 수 있었다.

곧 선생님이 교실로 들어왔고, 교내 방송으로 방학식이 거행되었다.

하교할 때가 되자 경진이, 주영이, 서연이와는 잠깐의 안녕을 위한 작별 인사를 충분히 했다. 우리는 2학기에도 가깝게 지낼 수 있으리라. 이래저래 고마운 것이 많은 친구들이었다. 이 친구들이 아니었으면 나는 학교에 마음 붙일 곳 하나 없었을 테니.

교실을 나가려는데 교실 저쪽에서 지온이네 무리의 대화가 들려왔다. 일부러 들으려고 하지 않아도, 걔들은 목소리가 크니 어쩔 수 없이 듣게 되는 거다.

"응, 그럼 그날 만나는 거다!"

신이 난 듯한 은수의 목소리.

그래, 넌 네 친구들과 방학 때 더 돈독해지겠구나. 나, 잠깐은 널 잊어볼게. 안 보고 있는 동안이라면 나도 마음이 좀 편할 것 같으니. 그렇지만 아직 너와 화해하고 싶은 나의 마음은 그대로인데……! 방학 중이라도 네가 나에게 연락을 준다면, 그게 비가 오는 새벽 3시라 해도 난 달려갈 거야. 그렇지만 네가 나에게 손을 내미는 일, 그게 도무지 가능한 일일지…….

여름특강반 1

 방학식 후 며칠을 쉬고, 글밭 학원에 가려고 집을 나섰다. 집을 나서니 데워진 아스팔트 위의 뜨거운 공기가 폐 속으로 훅 들어왔다. 몇 걸음 걷지 않았는데 온몸의 힘이 쭉 빠지는 것 같았다. 버스를 타고 가는 동안, 방학 동안 글밭 학원에 등록한 것이 잘한 일인지 의심되었다. 이렇게 더운데 집 밖을 나와서 버스도 오래 타야 하고……. 학원에서 9시간이라니……. 하하하.
 글밭 학원 여름특강반 교실인 203호실에 들어서자, 이번 여름 방학의 대부분을 공부로 채워넣기로 결심한 애들 십여 명이 이미 책상 앞에 앉아 있었다. 교실을 한

번 쓱 훑어보고 뒤쪽으로 자리를 잡으러 가다가 교실 중간에서 익숙한 모습을 발견했다. 교재를 살펴보고 있는 그 애 근처로 자리를 잡고는 슬쩍 옆모습을 살펴보았다. 흰 볼에 꽁지 머리. 오목눈이를 닮은, 내가 아는 그 애가 맞았다.

"나리야!"

나는 반갑게 이름을 불렀다. 눈을 동그랗게 뜬 나리는 내 얼굴을 알아보더니 곧 방긋 미소를 지었다.

"우와, 정민아! 여기서 널 만나다니!"

"웬일이야~ 너무 반갑다. 근처 살아? 학교는 어디야?"

나는 나리 바로 옆자리로 옮겨 앉으며 질문을 쏟아냈다. 나리는 초등학교 5, 6학년 때 같은 반이어서 친하게 지냈던 친구였다. 나리는 6학년 말에 전학을 갔고, 그 이후로는 자연스럽게 연락이 끊어졌는데……. 아는 사람 한 명도 없을 줄 알았던 글밭 학원에서 나리를 만나다니! 6학년 때와 별로 변하지 않은 모습의 나리가 너무 반가웠다.

나리는 방학이라 집에서 40분은 걸리는 글밭 학원에 오게 되었다고 한다. 알고 보니 글밭 학원은 나리의 집과 우리 집의 중간쯤에 있는 학원이었다. 나리는 집 근처의 연월중에 다닌다고 했다. 이름 정도만 들어본 학교였다. 나는 은하여중에 다닌다는 것, 초등학교 때 친했던 애들은 근처의 은일중에 많이 갔다는 것을 이야기해 주었다.

"아는 애 없는 데서 방학을 보내려니 좀 걱정되었는데……. 나리 네가 다닌다니 너무 좋아!"

"나도 진짜 좋아. 글밭 학원이 우리 학교에서도 멀어서 여기 다닌다는 애를 못 봤거든? 그런데 정민이 널 여기서 만날 줄이야!"

나는 긴장했던 마음이 스르르 풀렸다. 앞으로의 3주간이 기대되기까지 했다.

여름특강반의 일정은 오전 9시부터 시작하여 4시간의 주요 과목 수업 시간, 1시간의 점심시간, 4시간의 자습 시간으로 짜여 있었다. 방학을 이용해 성적을 올려보려는 열여섯 명의 애들이 한 교실에 모였는데, 각자 자기 공부에만 신경 쓰면 되는 학원 분위기가 좋았다. 여기서는 인간관계에 신경 쓸 필요가 없는 것이다. 점심시간에 혼자 밥을 먹는 건 조금 적적하겠다고 생각했는데 나리를 만났으니 행운이었다.

곧 수업이 시작되었고, 나는 최근 들어 가장 집중이 잘 되는 것을 느꼈다. 언제나 내 마음을 콕콕 찔러대는 듯했던 그 상황에서 벗어나니 머리가 맑아졌다.

오후 1시부터는 점심시간이었다. 점심시간에는 싸 온 도시락을 꺼내먹거나 학원 근처에서 점심을 사 먹고 2시까지 교실로 돌아오면 된다. 나는 엄마가 싸준 도시락을 꺼냈다. 나리도 집에서 싸 온 도시락을 꺼냈다.

나는 도시락 뚜껑을 열고는 깜짝 놀라서 말했다.

"헐! 우리 엄마들끼리 텔레파시 통했나 봐!"

"진짜 신기하네. 어떻게 이렇게 똑같을 수가 있지? 김치, 계란말이, 소시지, 멸치볶음……. 반찬 종류가 완전 똑같네!"

나리도 신기해하며 말했다. 반찬 종류가 똑같다는 우연만으로도, 왠지 앞으로 3주간 즐겁게 지낼 수 있을 것 같은 예감이 들었다.

나리와는 1년 반 이상의 공백이 무색하게 예전처럼 가깝게 이야기 나눌 수 있었다. 예전부터 나리는 다정한 성격에다 내 이야기도 잘 들어주었다.

"나 은하여중에 갔을 때, 초등학교 때 친했던 애들이

랑 떨어져서 초반에 좀 힘들었거든? 그런데 완전 마음에 맞는 친구가 생겨서, 1학년 때 엄청 재밌게 지냈다."

내 말을 들은 나리는 말했다.

"정민이 네가 잘 지내고 있어서 다행이다. 친했던 애들이랑 떨어진 그 느낌은 내가 잘 알지! 나 6학년 2학기 끝날 때쯤 전학 갔잖아. 거기, 아는 애 한 명도 없는 학교였거든. 처음 1주간은 진짜 힘들었어. 급식 시간에 나랑 같이 밥 먹자는 애가 한 명도 없는 거야! 전학 가기 전에는 우리 다 같이 와글와글 밥 먹었잖아. 그래서 진짜로 적응이 안 되더라. 막 울면서 하교했을 때도 있었어. 그러던 중에 반에 전학생이 두 명 더 왔거든. 걔네들이랑 친하게 지내기 시작하면서 나도 조금씩 적응해 나갈 수 있었어. 그때 진짜 힘들었어."

"아, 나리야 고생이 많았네……. 이젠 좀 어때? 잘 지내고 있어?"

"중학교 들어가고부터는 적응 잘 했지. 내가 모두와 동시에 시작하는 조건이면 또 잘하잖니. 지금은 친한 친구들 무리도 있고 같이 방과 후나 주말에 놀러도 가고, 되게 재밌게 잘 지내고 있어. 중학교에는 전학생은 별로 없는데 그래도 전학 오는 애들 있으면 막 챙겨주게 돼. 옛날 생각나서."

나리는 여전히 마음이 따뜻한 아이였다. 나는 요즘 내가 어떻게 지내고 있는지 말했다.

"다행이다! 나도 요즘에 나 포함 네 명이 같이 다니는데 애들이 재밌고 착해서 학교 다닐만해. 주말에 같이 놀기도 하고……."

나는 한 친구 때문에 너무 힘들었다는 이야기는 꺼내지 않았다. 나리와는 즐거운 이야기들만 주고받고 싶었다.

오후의 자습 시간에도 집중이 잘 되어서, 나는 학원에 온 지 하루 만에 여름특강반에 등록한 게 이번 방학 최고의 선택이라는 생각이 들었다.

오늘 내 표정이 밝아 보였는지, 엄마는 "오늘 뭐 좋은 일 있었어?"라고 물어보셨다. 나는 6학년 때 친했던 나리를 만난 것, 수업에 집중이 잘 되었다는 것, 나리와 도시락 반찬이 똑같아서 신기했다는 것 등의 이야기를 늘어놓았다. 엄마는 잔잔한 미소를 띠며 들으시더니, "우리 정민이 웃는 모습을 보니 좋네."라고 말씀하셨다. 그동안 별로 밝은 모습을 못 보여드린 것 같다는 생각이 머리를 스쳤다.

나는 "암튼 학원 잘 등록한 것 같아요."라고 말하고 내 방으로 들어왔다. 오랜만에 기분 좋은 일로 가득한 하루였다.

여름특강반 2

 그다음 날부터 이어지는 여름특강반의 나날들도 좋은 날들이었다. 집을 나설 때면 맞닥뜨리는 더운 공기 앞에서도 '공짜로 찜질방 이용하니 이득이네!'라고 생각하며 빙그레 웃어버렸다.

 어느 날 점심때는 나리가 《해리 포터》 이야기를 꺼냈다.

 "정민아, 요즘에도 《해리 포터》 좋아해?"

 "응. 나 《해리 포터》 좋아하던 거 기억해? 6학년 때 우리 반에 《해리 포터》 소설 붐이 일어서 좋아하던 애들 많았잖아."

 "응. 나도 그때 열심히 읽었어. 크크. 애들끼리 주문

외우면서 놀았는데."

"루모스!"

"이야, 여전하구나!"

우리는 가장 좋아하는 등장인물 이야기, 《해리 포터》 보드게임 이야기, 《해리 포터》 어트랙션 이야기 등을 나누었다.

"작년 여름에 재개봉했을 때, 나 친한 친구랑 같이 보고 왔잖아."

나는 작년 여름 방학 때, 은수와 같이 영화관에 다녀왔다는 것을 떠올리며 말했다. 나리는 은수를 모르니까, 은수를 '한때 사이좋았던 친구'가 아닌, '지금도 사이좋은 친구'인 걸로 해두자. 그사이 있었던 많은 일들은 살짝 덮어놓는 거다.

"이미 본 내용이지만, 커다란 스크린으로 보니까 너무 좋더라고! 앞으로도 재개봉할 때마다 영화관 달려갈 거야!"

나의 말에 나리도 관심이 생긴 것 같았다.

"재개봉했었어? 다음에 재개봉하면 나도 보러 가야겠다."

작년 이맘때, 조금만 걸어도 땀이 줄줄 나던 날, 은수와 나는 영화관에서 만났다. 시원한 상영관 안에서 달

콤한 캐러멜 팝콘을 먹으며 〈해리 포터〉 영화를 보았던 게 아직도 생생하다. 영화를 다 보고는 굿즈숍을 둘러보고 기념엽서를 샀었다. 그날 헤어지기 전에 은수에게, "너 주려고 스티커도 샀지롱!"이라며 스티커를 내밀었더니 은수는 내 팔을 덥석 잡으며, "내가 이거 살까 말까 고민했던 거 알았어?"라며 뛸 듯이 기뻐했었다. "다이어리에 붙여둬야지!"라던 은수의 그 감격스러운 얼굴의 기억이 선명한데……. 지금도 은수의 다이어리에는 그 스티커가 붙어 있겠지? 그렇지만 은수와 나는 지금…….

나는 잠깐 생각에 잠겼다.

"정민아, 무슨 생각해? 너 잠깐 멈췄어."

나리는 내 눈앞에서 손바닥을 몇 번 흔들며 말했다.

"아, 잠깐 그냥. 하핫. 내가 가끔 멍해질 때가 있어."

나는 웃으며 얼버무렸다. 은수를 떠올릴 때면 그 넓고 깊은 추억의 바다에서 한참 허우적거리다 이제 막 빠져나온 사람 같은 얼빠진 모습이 되곤 했다. 뒤늦게 멍했던 나를 발견하고, '또 걔 생각을 해버렸네.' 하고 깨닫게 된다. 나는 그 바다에 자주 빠졌다. 그곳을 빠져나오면 은수가 내 옆에 없다는 것이 새삼 헛헛하였다.

그렇게 나리와 공부도 같이 하고, 점심때는 아무 이야기나 나눌 수 있는 시간이 정말 마음 편하고 좋았다. 2학기엔 좀 더 학업에 집중할 수 있을 것 같다는 자신감도 생겼다.

여름특강반 2주째의 마지막 날에 나리는 자기 반에 좋아하는 애가 있다는 이야기를 꺼냈다.

"나 사실, 우리 반에 좋아하는 애가 있거든. 걔가 노래를 좀 잘 불러. 걔를 록스타라고 할게. 6월이 돼서 자리 뽑기를 했는데 걔랑 짝이 된 거야. 그때는 아직 좋아하는 건 아니었거든? 록스타 걔, 노래만 잘 부르는 줄 알았는데 알고 보니 공부도 되게 열심히 하고 내 이야기도 잘 들어주더라? 한동안은 참 좋은 애라고만 생각했는데……. 음악 시간에 내가 노래 부르다가 삑사리를 냈단 말이야? 주변 애들 다 킥킥거리면서 웃었는데 걔만 나 민망할까 봐 못 들은 척해 주는 거 있지. 그날 저녁부터 걔 생각이 자꾸 나기 시작했어."

록스타를 떠올리는 나리의 하얀 볼이 붉게 상기되어 있었다.

"방학 되고는 걔가 어떻게 지내는지 너무 궁금한데……. 연락은 못 해봤어. 연락해 보고 싶다."

먼 곳을 응시하는 나리의 눈이 초롱초롱 빛났다.

"우리 반 친한 친구들한테는 이거 말 못 했어. 그냥 혼자 조용히 짝사랑 중인 거지. 히히. 친구들이 알면 괜히 신경 쓰일 것 같아 이야기도 못 꺼내고 있는 상황이야. 뭔지 알지? 나 걔 좋아한다는 거 너한테 처음 말하는 거야."

"우와. 이야기 들어보니 좋은 앤 거 같은데! 2학기 때 잘 됐으면 좋겠다."

"꺄아!"

나리는 상상만 해도 즐거운지 까르르거렸.

초등학교를 졸업한 이후, 남자애들과의 접점이 없었던 나는 나리의 이야기가 별세계의 이야기 같았다. 나도 남녀공학에 다녔다면 좋아하는 애가 생겼을까? 나리가 학교의 친한 친구들에게도 못 하는 이야기를 나에게 해주는 것이 좋았다. 나리는 록스타 이야기를 할 때면 꿈을 꾸는 듯한 표정을 지었고, 나는 나리의 그런 모습을 보는 것이 좋았다. 나리의 짝사랑이 이루어졌으면 하는 마음이 들었다.

여름특강반에서의 3주는 우리의 마음을 느슨하게 만든다. 각자의 학교와 분리된, 곧 끝이 오는 이 시간과 공간에서 우리는 좀 더 솔직하게 자신의 이야기를 털어놓을 수 있었다. 서로의 학교의 누구와도 연결되어 있지 않은 우리들. 이건 마치 각자의 항로를 가진 우주선에 탑승한 우리가 '글밭 학원'이라는 우주정거장에 물자와 연료 보급을 위해 잠깐 머무르는 것처럼 느껴지기도 했다. 우주정거장이라는 공간이 서로를 더 가깝게 느끼게 했지만 이제 곧 각자의 우주선을 타고 떠나야 한다. 나는 그 순간이 시시각각 다가오고 있다는 것을 느끼기 시작했다.

여름특강반에서의 3주째가 흘러가고 있었다. 똑딱똑딱 초침 소리와 함께, 멈추는 일 없이. 이제 다음 주면 개학이라니. 나리와 매일매일 만나는 나날의 끝이 온다. 그걸 생각하니 조금 쓸쓸한 생각이 들었다. 그리고 개학하여 다시 학교라는 공간에 돌아가야 한다는 부담감이 조금씩 커지고 있었다.

학교. 거기엔 나를 싫어하는 것이 분명한 은수가 있다. 2학기 때 은수를 보면 어떤 마음이 들까······.

여름특강반 마지막 날 점심 때, 나는 그동안 꺼내지 못했던 은수와의 이야기를 나리에게 했다.

"나리야, 나 사실……. 고민이 하나 있어. 중학교 1학년 때 같은 반이 되어서 친하게 지내게 된 친구가 한 명 있거든. 얘는 우리랑 다른 초등학교 나와서 넌 모르는 애야. 아무튼, 얘랑 취미도 비슷하고 되게 잘 맞아서 1학년 때 내내 친하게 지냈단 말이야? 그런데 2학년이 되고 나서 두 달쯤 지났을 때, 갑자기 얘가 나를 아는 척도 안 하는 거야."

"헐? 걔는 왜 그랬대?"

"그걸 몰라서 나도 미치겠다는 거야. 어제까지 인사 잘하고 헤어진 애가 오늘부터 갑자기 날 쳐다보지도 않으니까, 처음엔 진짜 황당했거든. 이유도 모르겠고. 화해하고 싶어서 편지도 써보고 말도 걸어보려고 했는데 잘 안됐어……. 그래서 지금도 불편하게 지내고 있어."

"아……. 많이 힘들었겠다. 정민이가 맘고생이 심했겠어. 주변 친구들은 뭐래?"

"난 얘가 나한테 화난 거 있으면 주변에 이야기할 줄 알았거든? 근데 그것도 아니고……. 다른 애들은 잘 모르지 뭐. 나도 다른 친한 애들 있어서 그럭저럭 지내고는 있는데. 걔랑 화해하고 싶기도 하고 너무 신경 쓰여서……. 학교에 갈 때마다 생선 가시가 목에 걸려 있는 느낌이야. 혹시 나리 넌 이런 일 겪은 적 있어? 개학하고 학교 가려니까 좀 스트레스네."

나리는 나의 이야기를 차분하게 들어주었다. 그러고는 조금 생각하더니 말했다.

"난, 그렇게 갑자기 모르는 척하는 친구는 없었는데……. 나랑 친하게 지내는 친구가 다른 친구한테 절교당한 적이 있었거든. 수행평가 할 때 같은 모둠이 됐는데 역할 분담에 의견이 안 맞아서 사소한 말다툼이 있었대. 수행평가 준비할 때도 작은 갈등이 계속 있더니 모둠 발표 끝나고는 서로 아는 척도 안 했대. 친구는 다른 친구랑 절교해 본 적이 두 번인가 더 있어서 크게 신경 안 쓰더라고. 내가 괜찮냐고 물어보니까, 화나고 힘든 거 참으면서 계속 친구 하는 게 더 힘들어서 차라리 괜찮다고 하더라고? 얘 말을 떠올려 보니까 정민이 네가 개랑 화해하고 싶다고 계속 신경 쓰고 있는 게 더 힘들 수도 있다는 생각도 드는걸……."

나의 표정을 살피며 조심스럽게 말해주는 나리가 고마웠다. 그냥 은수와 절교한 이 상황을 받아들이고 여기에 대해 신경을 덜 쓰면 마음이 좀 편안해진다는 걸까. 그래도 걔네는 싸우기라도 했지, 난 은수랑 이렇게 된 이유도 모르는걸. 정말 내가 받아들이고 편해질 수 있을까……. 나는 또 생각에 잠겼다.

 헤어질 때 우리는 한 번 포옹하며 서로의 학교생활을 격려해 주었다. 3주간의 우주정거장 생활에도 끝이 왔다. 이제 각자의 우주선을 타고 떠나야 할 시간……. 이제 한동안 나리를 못 볼 것이다. 그래도 3주간 함께 열심히 공부하고 마음 편히 어울렸던 기억은, 나에게 왠지 모를 힘과 용기를 불어넣어 주었다.
 나리야, 정말 고마워. 나도 너의 2학기를 응원할게.

 방학 동안 경진이, 주영이, 서연이와는 단톡으로 네댓 번 연락을 주고받았다. 나는 적절한 반응, 적절한 호응으로 그 애들 사이의 내 자리를 지켰다. 초등학생 때부터 난 교우관계를 원만하게 유지해 온 편이므로, 친구들과 잘 지내는 일이 그렇게 어려운 일은 아니었다.
 방학 중 글밭 학원에 다니며 비교적 마음 편한 생활을 했지만, 내가 탄 버스가 영화관 앞을 지날 때나 텔레비전에서 〈코코아 탐정〉을 볼 때, 공원 산책로를 걸을 때나 자려고 누웠을 때, 은수에 대한 생각이 밀려오곤 했다. 나는 은수 생각에 빠져 있는 나를 발견하고 '이제는 다른 생각을 하자.'라며 스스로를 다독였다.

은수에게서 방학 중 연락이 오는 일은 없었다. 그 애가 나에게 연락할 거라는 근거 없는 작은 기대가 허물어지며, 그 애에 대한 내 마음은 조금 뾰족해졌다.

그렇게, 여름은 지나가고 있었다.

짝

 우리 학교는 8월 마지막 주에 개학을 했다.

 학교로 돌아가기 위해서는 어느 정도 가면을 써야 한다. 은수를 신경 안 쓰는 척, 친구들과의 모든 시간을 즐기고 있는 척, 밝은 척. 스스로에게 최면을 걸고 집을 나섰다.

 교실에 들어서니 은수가 지온이네 무리와 이야기 나누는 것이 제일 먼저 눈에 들어왔다. 걔들은 더 돈독해져 있는 것 같았다. 은수는 지온이네 무리에 완전히 녹아들었다. 교실 어디에서도 들을 수 있는 목소리로 이야기 나누고 있는 지온이네 무리. 지온이와 거의 동등

한 발언권을 얻은 듯한 은수의 저 뽐내는 모습이란! 나는 알 수 없는 질투와 분노가 치밀어 오르는 것을 꾹 눌렀다. 방학 동안 단 한 번도 연락이 없었던, 나에게 그렇게 매정한 은수가 이제는 밉살스러워 보이기도 했다.

내 자리에 앉아서 문제집을 꺼내고 서랍 정리를 하는 동안, 경진이, 주영이, 서연이도 곧 등교했다.

"서연아, 방학 잘 보냈어?"

"시골에서 너희 생각이 얼마나 나던지!"

"다시 만나니 왜 이렇게 반갑냐~"

"이거 뉴질랜드에서 너희들 주려고 챙겨온 건데……."

방학 중 한 번도 만나지 않았던 우리는 그동안의 간격을 메우려는 듯 호들갑스럽게 서로의 안부를 물었다. 나는 밝은 모습을 보이며—나도 친구들과 잘 지내고 있다는 걸 보여주고 싶었다— 평소보다 한 톤 올려서 말했다.

"내가 방학 때 완전 핫한 파스타집 발견했거든? 우리 이번에 거기도 가볼래?"

"그래! 언제 갈까?"

"가자! 가자!"

애들은 만면에 미소를 띠며 말했다.

나는 슬쩍 은수 쪽을 보려다가, 은수의 얼굴 방향이 내 쪽이라는 걸 깨닫고 다시 고개를 다른 방향으로 돌렸다. 은수는 나를 본 걸까, 다른 곳을 보고 있었던 걸까? 1학기 때 그 애의 무표정과 찡그린 표정—찡그린 표정은 주로 복도에서 둘이 마주치며 지나갈 때 볼 수 있었다—을 보다 보니, 나는 은수의 눈을 마주치기도 어려운 상태가 되어 있었다. 범을 만난 강아지처럼, 걔 앞에서는 꼬리를 내리고 슬며시 시선을 피해버리는 것이다.

아, 2학기는 이렇게 시작되는구나. 나는 불안, 초조와 조금의 기대가 범벅이 된 상태로 내게 오는 시간을 맞아들였다.

9월에 들어서고는 자리를 바꾸었다. 1학기 내내 짝 없이 책상을 배치하던 담임 선생님은, 무슨 생각인지 이번에는 두 명씩 짝을 이루도록 책상을 배치했다. 선생님은 반 전체 애들을 교실 뒤로 가게 하더니 이름을 랜덤으로 뽑아서 나오는 순서대로 1분단 첫째 줄부터 앉힌다고 했다.

나는 자리를 바꿀 때도 덜컥 걱정부터 되었다. 은수와 정말 화해하고 싶지만, 은수와 혹시라도 짝이 된다면 개의 차가운 눈빛 때문에 질식할 것만 같았다. 지온이네 무리 중 한 명과 짝이 되어도 불편할 것 같고······. 경진이, 주영이, 서연이와 짝이 되면 좋을 것 같은데, 그건 너무 낮은 확률이라 기대하기 어려울 것 같고······.

 이런저런 생각을 하는 사이에, 선생님은 학생의 이름을 한 명씩 부르기 시작했다. 은수는 꽤 일찍 이름이 불려서 첫째 줄에 앉게 되었다. 은수의 짝은 다행히 나와 친한 친구 중 한 명은 아니었다. 내 이름은 늦게까지 불리지 않아서 은수와는 멀리 앉을 수 있었다. 내 짝이 된 것은, 내가 별로 짝이 되고 싶지 않았던, 지온이네 무리 중 한 명인 소라였다. 올해 처음 같은 반이 된 아이. 지온이네 무리에서는 제일 조용한 아이. 책 읽기를 좋아하는 아이. 그게 내가 소라에 대해 알고 있는 전부였다.

 지온이네 무리 중 한 명과 앉게 된 건 껄끄러웠지만 생각해 보니, 지온이네 무리 중 누구 한 명과 앉아야만 한다면 나는 소라와 앉겠다고 말했을 거다. 요즘 은수가 가장 따르고 있는 지온이, 지온이를 떠받드는 우주, 너무 시끄러운 규민이, 자주 툴툴거리는 모습이 목격되는 혜영이 중 누가 나의 좋은 짝이 될 수 있었을까?

  나는 조용한 친구들과 잘 맞을 때가 많았다. 그러니 소라와 앉게 된 것은 최악은 아니었다.

  짝과는 자리가 붙어 있으니 학교에 오고부터 하교할 때까지 이야기를 나눌 기회가 많았다. 이야기 나누다 보니 소라에 대한 나의 경계심은 조금씩 늦춰졌다.

  소라는 지온이와 3년 연속 같은 반이라고 했다. 초등학교 6학년 때부터 쭉 같은 반이라니. 그런 친구가 있다는 게 부러웠다. 나는 초등학교 때 친했던 애들과는 학교가 달라졌고, 작년에 친했던 은수와는 이렇게 되어버렸으니…….

  소라를 통해, 지온이가 초등학교 때부터 계속 반장을 했던 리더십 있는 애라는 것을 알게 되었고 주변 사람들을 잘 챙기는 애라는 것도 알게 되었다. 2학년이 되고 나서 자연스럽게 지온이를 중심으로 친구들이 모이게 되었는데 자신은 지온이와 이전부터 친하게 지내서 올해도 당연히 지온이와 가깝게 지낼 줄 알았다고 했다.

  소라는 공상 과학 소설을 좋아했고 그중에서도 주인공이 시간 여행하는 소설을 가장 즐겨 읽는다고 했다.

나도 소라가 추천하는《타임 슬리퍼》라는 책을 읽어보기도 했다. 주인공이 몇 번이고 시간을 돌려 잘못을 바로잡으려는 부분이 흥미진진했다. 결국에는 주인공이 원하는 대로는 흘러가지 않는 사건들. 소라가 재미있다고 하는 이유를 알 것 같았다.

소라와 짝이 되고 가장 물어보고 싶었던 건 사실, 은수에 대한 것이었다. 소라는 5월부터 지온이네 무리—물론 소라 앞에서 '지온이네 무리' 같은 말을 하진 않는다—에 들어온 은수를 어떻게 생각하는지, 은수가 지온이네 무리와 친하게 지내게 된 계기는 무엇이었는지, 은수는 지온이네 무리에 완전히 녹아들었는지, 그리고 은수가 나에 대해 어떻게 생각하고 있는지.

하지만 이런 것은 신중하게 접근해야 했다. 정보를 캐내는 것 같은 인상을 주면 안 된다. 어쨌든 자연스러운 상황에서 자연스럽게…….

은수가 나에게 말도 걸지 않는 상황이라는 걸 아는 애들은 그리 많지 않았다. 애들은 자신이 중요하게 생각하는 것 외에는 별로 관심이 없었으니까. 은수가 나를 외면하는 것이 나에게는 지상 최대의 사건이지만 다른 애들에게는 별로 중요한 일이 아닐 테니까.

소라도 은수가 나와 한때 친하게 지냈다는 것은 알아도 은수와 내 사이의 일을 자세히는 모르는 것 같았다.

소라와 짝이 되고 3주째에 접어드니 소라가 꽤 편하게 느껴졌다. 그건 소라도 마찬가지인 것 같았다. 나는 그동안 계속 꺼내보고 싶었던 바로 그 이야기를 꺼내버렸다.

"소라야, 너 은수랑 친해?"

"점심 같이 먹고 주말에 같이 논 적도 있으니까 친하다고 할 수 있지?"

"나, 은수랑 1학년 때부터 되게 가깝게 지냈단 말이야. 그런데 5월 들어서부터는 은수가 날 아는 척도 안 하고 있거든……. 그래서 몇 번 말 붙여보려고 했는데 잘 안 되더라고. 혹시 은수가 왜 그러는지 들은 거 있어?"

나는 하고 싶었던 말을 단숨에 했다. 소라는 평소와 같은 포근한 표정으로 대답해 주었다.

"아니, 은수는 별말 안 하던데?"

"은수가 1학기 중간부터 너희랑 같이 밥 먹기 시작했

잖아? 어떻게 그렇게 친해지게 된 거야?"

"아, 그거? 우주랑 은수가 아파트 같은 동에 살아서, 4월에 중간고사 준비할 때 우주 집에서 같이 공부했다고 하더라고. 은수가 우리랑 같이 놀기 전에는 우리도 다섯 명이라서 우주가 짝이 없을 때가 종종 있었거든. 그래서 우주가 은수를 당겨 온 것 같아."

"아……. 그랬구나."

나는 은수와 우주가 아파트 같은 동에 살고 있다는 것을 처음 알았다. 중간고사 때 둘이 같이 공부했다는 것도. 은수랑 나는 같이 놀러는 종종 다녔어도, 모여서 공부한 적은 별로 없었다. 그래서 중간고사 전에도 공부는 각자 알아서 하겠거니 생각했던 것이다. 은수는 우주와 같이 공부하고부터 나와 멀어질 생각을 조금씩 해왔던 것일까?

"소라야. 지금 은수가 나랑 말도 안 하는 상태라서 되게 답답한데……. 혹시 소라 네가 한번 은수한테 넌지시 물어봐 줄 수 있어? 왜 그러는지……. 그리고 상황을 좀 보다가, 내가 아직 은수랑 친하게 지내고 싶은 마음이라는 걸 전해줄 수 있어? 걔 반응이 별로면 이 이야기는 꺼내지 말고……."

"알았어! 은수랑은 점심도 같이 먹으니까. 내가 한번 이야기해 볼게."

"응, 고마워. 애들 다 있을 때 물어보지 말고 둘이 이야기 나눌 기회 됐을 때 좀 부탁할게."

"알겠어."

"진짜 고마워."

내 말을 경청해 주는 소라의 상냥한 모습에, 부담일지도 모르는 부탁을 해버렸다. 흔쾌히 대답하는 소라의 모습에 눈물이 찔끔 나려는 걸 참았다.

소라에게 말을 하고 나니, 나는 전래동화 《해와 달이 된 오누이》에서 동아줄이 내려오길 비는 오누이의 마음을 조금 알 것 같았다. 과연 동아줄은 내려올 것인지?

며칠 후. 나는 소라에게 물어보았다.

"소라야, 혹시 은수랑 이야기 나눠봤어?"

소라에게 이 이야기를 꺼내는 것도 조금의 용기를 필요로 했다. 대답을 조르는 인상을 주긴 싫었다.

"응. 내가 은수한테 물어봤거든? 정민이랑 무슨 일 있었냐고. 근데 아무 일 없었대. 그쪽—경진이, 주영이, 서연이, 나를 말하는 것이다— 친구들이랑 좀 안 맞는 것 같고 우주랑 친해지기도 했고 우리랑 잘 맞는 것 같아서 우리 쪽으로 왔대. 딱히 악감정은 없는 것 같던데?"

"그렇구나. 혹시 내가 은수랑 다시 친하게 지내고 싶어 한다는 것도 말해봤어?"

"그것도 살짝 말해봤는데, 은수는 지금 친하게 지내는 친구들이랑 잘 맞아서……. 그냥 이대로가 좋다고 하더라고. 그래서 그 이상은 파고들지 않았어."

소라는 나에게 친절하게 설명해 주었다. 소라에게서 은수의 마음에 대한 단서는 거의 얻을 수 없었다. 소라에게서 내려오던 동아줄이 툭 하고 바닥으로 떨어지는 것을 느꼈다. 하지만 어쩔 수 없지. 소라도 최선을 다해줬으니까. 이 이상 소라를 귀찮게 하고 싶지 않았다. 곤란하게 만들고 싶지도 않았고.

내가 소라를 통해 은수의 마음을 알아보려고 했던 그 일이 있고 나서, 은수가 소라를 대하는 태도에 변화가 생긴 것을 다른 사람은 몰라도 난 느낄 수 있었다. 소라가 나의 짝이 되고, 은수가 이전보다 나를 좀 더 경계한다는 건 알고 있었다. 그런데 그 일 이후로는 나에 대한 경계나 견제가 내 눈에는 너무 잘 보였다.

쉬는 시간에 소라와 이야기를 좀 나누려는데 은수가 지온이 자리 근처에서 소라를 불렀다.

"소라야, 잠깐만 와줄 수 있어? 우리 우정템 고르려는데……. 네 의견이 필요해~"

그러면 소라는 온 쉬는 시간을 지온이, 은수 등의 애들과 같이 보내고 돌아오는 것이었다.

"소라야, 요새 재미있게 읽은 소설 추천해 줄 수 있어?"라며, 은수는 이전에는 쳐다보지도 않았던 공상 과학 소설에 관심을 보이기도 하였다. 소라가 소설들을 추천해 주면, 얇지도 않은 그 소설들을 다 읽는 수고를 마다하지 않고는 한동안 소라와 그 소설들에 대해 뜨겁게 이야기하곤 하였다.

나는 그게, 소라와 자신의 관계에 내가 더 이상 끼어드는 것을 막으려는 은수의 계략이라는 것을 진작에 알았다. 나와 경쟁하듯이 소라와 친하게 지내려는 은수의 모습은 이전까지는 보지 못한 모습이었다. 은수는 소라와 좀 더 친해지기 위해서는 뭐든 더 할 수 있어 보였다.

소라는 은수의 관심이 그저 반가운 것 같았다. 우리 반에는 공상 과학 소설을 좋아하는 애들이 별로 없었는데, 같이 읽고 이야기 나눌 친구가 생겼으니 얼마나 기쁘겠는가—나도 우리 반에 《해리 포터》 마니아가 생긴다면, 걔랑 온종일 《해리 포터》 이야기를 나눌 수 있을 것 같으니—. 이미 점심도 같이 먹을 정도로 친한 친구가, 내가 좋아하는 것에 이렇게나 관심을 가져주니 좋겠지. 소라는 은수의 호의를 즐겁게 받아들였고—친근감을 과시하는 듯한 은수의 모습이란!— 나는 그런 소라의 모습을 보고는 박탈감을 느꼈다고 할까, 벽을 느꼈다고 할까……. 혼자 조용히 무력해지곤 했다.

은수의 속셈 따위는 모르는 듯한 소라는 내 울적한 모습의 이유를 찾지 못했고, 괜스레 내 기분을 살피거나 지온이네 무리와 시간을 좀 더 보내거나 했다.

은수가 그렇게까지 소라와 가깝게 지내려고 한다면 나는 어느 정도 물러날 수밖에 없지. 기가 센 걔를 못 당해내겠다…….

그리하여 나는 나의 정다운 친구들—경진이, 주영이, 서연이—에게 돌아가곤 하는 것이었다. 소라도 참 마음에 드는 친구였건만…….

그렇게 한 달 반이 지나가고, 담임 선생님은 "짝이 있으니까 시끄러워져서 안 되겠어. 짝이 있고 나서 우리 반이 시끄러워졌다고 말씀해 주신 선생님이 두 분이나 계셨어. 다시 짝 없는 형태로 바꾼다."라고 하더니 책상 배치를 원래대로 되돌리고 뽑기로 자리도 바꾸었다.

한 달 반 동안 가까워졌던 소라와도 자리가 멀리 떨어졌다. 소라와 멀어지니 마음이 쓸쓸했다. 그렇지만 내가 애써 소라 자리로 가서 친교를 나누기는 어려울 것이다. 은수는 내가 소라와 사이좋게 이야기 나누는 모습을 보면 도끼눈이 되곤 했기 때문이다. 그 눈을 이겨낼 수 있을 만큼 나의 마음은 강하지 않으니 어쩔 수 없지.

짝이 없는 책상 배치……. 어떻게 보면 잘됐다. 짝이 있으면 자리 바꿀 때마다 신경 써야 할 것이 많으니까. 짝을 바꿀 때마다 조마조마해지느니 차라리 짝은 없는 게 나아. 짝은 필요 없어…….

착한 사람

 10월 중순의 도덕 시간이었다. 도덕 선생님은 '나는 누구인가?'를 주제로 글을 쓰라고 했다. 이번 시간에는 글을 완성하고, 다음 시간에는 서로의 발표를 듣는 것으로 수업을 진행하겠다고…….

 나에 대해 글을 써야 한다니. 나는 어떤 사람이지? 나에 대해 써 내려가기가 쉽지 않았다. 어떻게 글을 풀어내야 할지 고민하다가 나는 대충 다음과 같은 내용으로 종이를 채웠다.

 '저는 이미 흘러가 버린 시간을 잡고 싶어 하는, 조

금은 우유부단한 성격을 가진 평범한 중학생입니다. 그런 동시에 꿈을 이루기 위해 열심인 가슴이 뜨거운 학생입니다. 저의 꿈은 어려움에 처한 사람들을 도울 수 있는 사람이 되는 것입니다. 구체적인 직업은 아직 생각 중입니다.

제 속에 있는 이상은 제가 무엇이든 할 수 있을 거라는 착각에 빠지게 할 때도 있습니다. 하지만 아직 부족한 부분이 많은 것도 알고 있어서 열심히 노력해 가야겠습니다. 저의 꿈을 이루기 위해 소중한 사람을 다치게 하지 않고 여러 사람을 두루 사랑할 것입니다.'

나에 대한 설명으로 충분치는 않았지만, 이것이 지금 내가 할 수 있는 최선이었다.

다 쓰고 보니, 나는 누구인가를 설명하는데 가족 이야기도 취미도 〈코코아 탐정〉도 《해리 포터》도 쓰지 않았다는 것을 깨달았지만……. 이미 A4 한 장 분량을 채웠으니 수정하고 싶은 생각은 들지 않았다. 흑연이 종이 위에서 사각거리며 흔적을 남기는 소리가 내내 들려온 1시간이었다.

그리고 다음 도덕 시간이 되었다. '나는 누구인가?'에 대한 친구들의 발표를 듣는 것은 재미있었다. 우리 반 애들의 자기소개에는, 내가 걔들에 대해 잘 알지 못하는 점이 많이 나타났다.

이 발표가 아니었다면 내가, 혜영이가 매주 토요일에 어르신 말벗 봉사를 하고 있다는 걸 어떻게 알 수 있었겠는가? 우주가 요새 제일 인기 있는 아이돌 서우의 포토 카드를 대부분 가지고 있다는 건 또 어떻고? 부반장 지민이의 꿈이 소설가라는 것도 결코 알 수 없었을 것이다.

내 차례가 되고, 나는 떨리는 마음을 진정시키고 교탁으로 나가 발표를 했다. 우리 반 대부분의 애들 사이에서 나는, 그냥 조용한 애, 공부는 조금 하는 애 정도로 인식되고 있을 텐데……. 나를 평소보다 좀 더 드러내는 것이 부끄럽기도 했다. 발표하다가 애들을 잠시 둘러봤을 때, 몇몇 집중한 눈빛을 보았고 그중에는 1주일에 한 번 말을 주고받을까 말까 한 애들도 있었다. 그것이 왠지 내 마음을 덥혀주기도 했다. 발표가 끝나고는 애들이 박수를 보내주었는데, 그것이 모두의 발표 끝에 으레 오는 형식적인 것이었다 해도 그 짝짝거리는 소리는 무척이나 고맙게 느껴졌다.

  은수가 발표할 차례가 되었다. 나는 은수 쪽을 바라보지는 않았지만, 걔가 하는 소리에 귀 기울이며 듣고 있었다. 은수는 가족들과 사이가 좋다는 것, 자신에게는 10살 차이 나는 동생이 있는데 걔가 너무 귀엽다는 것, 추리 만화를 무척 좋아한다는 것, 그림 그리기를 좋아한다는 것, 최근에는 공상 과학 소설에 관심이 생겼다는 것 등을 늘어놓았다.

  가만히 은수의 발표를 듣던 중, 나는 내 귀를 의심하게 하는 말을 듣게 되었다.

  "저는 가족들을 소중히 여기고 내 사람들을 잘 챙기는 착한 사람입니다."

  그 말을 듣고 나는 머리가 멍해졌다.

  착한 사람? 착하다고? 네가?

  나는 은수가 자기 자신을 착하다고 말하는 것이 말도 안 되는 일이라고 생각했다. 이렇게 나를 고통스럽게 만드는 네가 착한 사람일 리 없잖아. 적어도 너는 너 자신을 알고 있어야 하는 거 아니야? 그렇게까지 거짓으로 자신을 꾸밀 필요는 없잖아.

나는 울분에, 심장이 갑자기 빠르게 뛰기 시작하는 것을 느꼈다. 걔는 자신을 '내 사람들을 잘 챙기는' 사람이라고도 했다. 나는, 걔의 '내 사람'에 지금은 속해 있더라도 언제든지 내쳐질 수 있을 거라고. 그리고 그 이후에는 얼음장 같은 눈빛만 볼 수 있을 거라고. 은수는 잔인한 애라고, 위선자라고 소리치고 싶었다. 자신을 너무 모르고 있는 은수가 황당했고, 뻔뻔하다는 생각이 들었다.

은수의 발표가 끝나고 예의 그 박수가 이어졌고 나는 몸이 굳은 채 조금도 움직일 수 없었다.

그날 이후 은수를 가만히 지켜보니, 은수와 내 사이의 일을 모르는 애들이 보면 은수는 꽤 괜찮은 애로 보일 수도 있겠다는 생각이 들었다. 지온이네 무리와의 사이는 공고히 다져져 있었고, 지온이네 무리에서는 유쾌한 애 정도로 통하는 것 같았다.

요즘에는 은수와도 나와도 가깝지 않았던 '회색지대'의 아이들에게까지, 은수는 좋은 애로 보이려고 노력하는 것 같았다. 자신이 소장한 추리 만화를 빌려주거나 애들의 캐리커처를 그려주는 등의 행동이라니! 아무것도 모르는 애들은 은수를 좋은 애라고 생각할 거다.

언제부턴가 내 안에 똬리를 틀고 있었던 은수를 미워하는 마음이 조금씩 커져가는 걸 느꼈다. 그리고 누군가에게 이 마음을 털어놓고 싶었다.

'은수가 좋은 애가 아니라는 걸 다른 애들도 알았으면 좋겠어. 은수가 다른 애들에게 미움받았으면 좋겠어. 나에게 그렇게 잔인한 애가, 다른 애들한테 괜찮은 애라 생각되고 있는 건 못 참겠다고.

얼마 전에 불현듯 떠오른 기억이 있었어. 내가 왜 이걸 잊고 있었지? 지온이네 무리 중 한 명인 혜영이 말이야. 혜영이는 작년에 나, 은수랑도 같은 반이었거든. 지금은 은수랑 혜영이가 사이좋은 듯 잘 지내고 있는 것 같은데 작년에는 어땠는지 알아? 은수는 혜영이 별로 안 좋아했어. 혜영이 뒷담화도 했다고. "혜영이 쟤 영어 샘한테 하는 거 봤어? 진짜 개념 없어. 저런 애들이 나중에 고등학교 가서 적응 못 하고 자기 성적 안 나오는 거 선생님 탓할걸."이라고 했단 말이야.

나는 같이 뒷담화 안 했냐고? 나는 같이 안 했어. "혜영이 쟤, 자기가 안 한 일로 선생님한테 의심받은 적 있어서 좀 반항적으로 변했을걸. 근데 저번에 이야기 나눠보니까 그렇게 나쁜 애는 아닌 것 같던데······."라고 했지. 그때 나도 모르게 혜영이 편을 들어서―은수랑 친한 사이인데도, 어째 그런 말이 먼저 나가더라― 며칠간 은수와 소원해진 적이 있다고.

혜영이를 별로 좋아하는 것도 아니면서, 지온이네 무리에 들어가면서부터는 그렇게 친한 척하는 모습이라니! 지온이네 무리한테 가서 은수의 뒷담화를 폭로하고 싶다는 악마적인 생각이 들었지. '그럼 은수는 더는 걔네랑 친하게 못 지내지 않을까? 그럼 다시 나를 찾아오지 않으려나?' 같은 생각도 했다는 걸 부정하진 않을게.

하지만 은수의 뒷담화를 폭로하진 않았어. 말해봤자 무슨 소용 있겠어. 내가 그 말을 꺼내는 순간 은수랑 나는 영영 끝이라는 걸 깨달았거든. 나는 지금 이 순간에도 은수랑 화해하고 싶은 마음이 남아 있다고. 내가 은수를 싫어하는 건, 내가 참 좋아하는 친구가 이제는 나를 봐주지 않는다는 것에서 비롯된 것이지. 다시 날 봐준다면 싫어하는 마음도 씻은 듯 사라질걸?

그리고 나도 이미지 관리라는 걸 해야 하지 않겠어. 내가 한때 절친으로 지낸 애와의 일을 폭로한다면 누가

나랑 친하게 지내려고 하겠어.'

 이런 말들이 내 머릿속을 둥둥 떠다니고 있었지만, 누구에게도 이야기할 수는 없었다. 우리 반에서 친하게 지내고 있는 경진이, 주영이, 서연이에게 나는 이렇게까지 솔직해질 수 없었다. 방학 때 내 옆에 있어 준 나리에게도 마찬가지였다. 나리에게 괜히 내 걱정을 하게 만들고 싶지 않았다. 부모님이나 선생님은 고려 대상도 아니었다.

 난 그저, 이 모든 문장들을 혼자 껴안고 있었다. 나는 경쟁적으로 밝은 모습을 보이기도 했다. 은수가 반 애들한테 유쾌한 모습으로 생각되고 있다면 나도 질 수 없지. 괜히 더 크게 웃었고 괜히 밝은 척하며 오버하기도 하였다. 1주일쯤 그러고 나니, 나에게 맞지 않은 옷을 입은 것 같아 집에 와서는 녹초가 되었다.

 이것도 더는 안 되겠다······.

 지친 나는 원래의 조용한 모습으로 돌아가 버렸다.

 10월 말에는 학교 캐릭터 그리기 대회가 있었다. 전교생 대상의 대회였는데, 선정된 캐릭터는 앞으로도 계속 우리 학교 공식 캐릭터로 사용된다는 거였다. 우리 학교 학생들 대부분이 참여하는 대회라 나도 강아지 캐릭터를 그려서 제출했다. 내 나름의 최선을 다해서 말이다.

11월 중순에 학교 캐릭터 그리기 대회의 결과가 발표되었다. 대상은 '정은수'였다. 걔가 어떤 캐릭터를 제출했는지는 몰랐는데……. 이번에 대상 발표가 나면서 은수가 그린 캐릭터와 캐릭터 설명이 학교 게시판이며 각 반 게시판에 게시되어 나도 볼 수 있었다.

은수가 그린 캐릭터는 보자마자 '엄청나!'라는 생각이 들게 했다. 은하를 유영하는 초능력 소녀 콘셉트라나? 다재다능한 그 소녀가 마치 은하여중의 학생들을 닮았다나 뭐라나. 귀엽기도 하고 멋지기도 하고 신선하기도 하고……. 캐릭터 상품이 나오면 사고 싶어질 정도였다.

게시판을 보는 애들이 하는 말이 들려왔다.

"은수 진짜 대단해."

"어떻게 저런 캐릭터를 생각해 냈지?"

"우와 아이디어 대박이다……."

그런 순수한 감탄에 나는 질투심을 느꼈다.

2학기 중간고사 때 성적이 많이 올라서, 반에서 2등—애들끼리 알음알음 비교한 점수였다—을 했던 것도, 그 멋진 캐릭터와 애들의 감탄 앞에서는 소용이 없었다.

은수한테는 못 당하겠네.

나는 열패감을 짓씹으며 조용히 내 자리로 돌아오는 것이었다.

◆

〈코코아 탐정〉

 날씨는 점점 추워져서 겨울이 코앞에 온 것을 느낄 수 있었다.

 이제 곧 기말고사도 있어, 애들은 평소보다 공부에 좀 더 집중하는 모습이었다. 경진이, 주영이, 서연이와도 점심을 먹고는 서로 퀴즈를 내곤 하였다.

 경진이가 역사책을 보며 퀴즈를 냈다.

 "광해군 때 처음 시행된 납세제도는 뭘까요?"

 "대동법!"

 서연이는 재빨리 대답했다. 그리고 이어서 말했다.

 "그럼 내가 낼게. 정조가 세운 도서관의 이름은?"

"규장각!"

나는 정답을 외쳤다.

"이야. 역시 정민이 잘 알고 있는데."

주영이는 내가 중간고사에서 반 2등을 한 이후로, 내가 이런 퀴즈의 답을 잘 맞히면 감탄의 말을 하곤 했다. 주영이도 공부를 잘해서, 이런 감탄이 좀 쑥스럽다고 해야 할지, 고맙다고 해야 할지…….

경진이, 주영이, 서연이와의 사이는 2학기 때도 그전과 달라진 것이 없었다. 같이 점심을 먹고 같이 운동장 산책을 하고 같이 매점도 가고 같이 모둠활동도 하고. 이렇게 서로 퀴즈도 내곤 하며 말이다.

이제 이 친구들과 같이 지낸 시간도 1년에 가까워져 가고 있었다. 나에게 참 잘해주는 좋은 친구들인데……. 아주 솔직하게 이야기하자면, 친구들과의 관계는 물에 물 탄 듯 술에 술 탄 듯—술을 마셔본 적은 없지만—이 느껴졌다. 은수와 내가 너무 잘 맞는 단짝이었던 탓에, 다른 관계들이 조금 싱겁게 느껴졌다.

은수가 나를 무시하는 상황은……. 아무렇지 않게 느껴지다가도 불쑥불쑥 화해 신청의 욕구가 솟아오르곤 했다. 무릎 꿇어서 돌이킬 수 있는 거라면 그렇게라도 하고 싶었다.

 내가 이렇게도 마음 한구석에서 은수를 계속하여 그리워하는 이유는 뭘까?
 나는 은하여중에 입학한 첫날을 떠올렸다. 초등학교 때 친했던 애들은 다 은일중에 가서, 그때 나는 '마음 맞는 애 딱 한 명이라도 만날 수 있었으면 좋겠다!'라는 간절한 마음으로 학교에 갔다. 배정받은 교실, 선생님이 미리 정해준 앞쪽 자리에 불안하게 앉아 있을 때였다.
 "안녕? 너 〈코코아 탐정〉 좋아해?"
 내 자리 오른쪽 대각선 뒤에 앉은 애가 나에게 말을 걸었다. 내 가방에 달린 코코아 탐정 인형을 보고 하는 질문이었다.
 "응. 재작년부터 좋아했어."
 "나도 〈코코아 탐정〉 좋아하는데! 〈코코아 탐정〉 엄청 재미있지 않아? 난 텔레비전에서 우연히 봤는데 코코아가 너무 멋있는 거야. 만화 보면서 추리하는 것도 너무 재미있고……. 〈코코아 탐정〉 좋아하는 친구 알게 돼서 너무 반갑다."

그 애는 가방에서 '코코아 사건일지—'사건일지'란 이름의 노트였다—'를 꺼내서 보여주었다.

"어! 이거 작년 극장판 한정 굿즈 아냐? 나도 갖고 있는데!"

"너도 한정 굿즈 챙길 정도로 좋아해? 대박!"

우리는 아직 서로의 이름도 모르면서 〈코코아 탐정〉에 대한 이야기를 한참 했다. 같은 걸 좋아하는 애를 만난 게, 그리고 그 애가 나에게 먼저 말을 걸어 준 게 얼마나 기쁘던지!

한참을 이야기 나누다가, 그 애는 뭔가가 생각났다는 듯이 말했다.

"너, 이름이 뭐야?"

"나는 윤정민이야. 네 이름은 뭐야?"

"난 정은수!"

은수는 중학교에 막 입학한 나의 불안을 씻은 듯이 녹여주었다. 우리는 그날부터 점심을 같이 먹기 시작했다.

은수와 이야기를 나누어 보니 또 다른 공통점도 많았다. 가장 좋아하는 과목이 과학이라는 것,《해리 포터》소설과 영화를 무척 좋아한다는 것 등. 과학을 좋아하는 우리는 과학 동아리에도 같이 들어갔었다. 초등학교 때도 이렇게나 비슷한 점이 많은 친구는 없었다. 내가 은일중에 가지 않고 은하여중으로 오게 된 것도, 어쩌면 은수를 만나기 위해서가 아니었을까? 나는 은수와의 만남을 운명적인 것으로 느꼈다.

은수는 나에게 종종 새로운 것을 제안해 주었다.

"우리 이번 주말에 만화 카페 갈래?"

초등학생 때는 주말에 친구들을 만난 적이 거의 없었다. 우리 집이 다른 친구들이 사는 곳에서 좀 떨어져 있던 탓이었다. 우리 집에서 친구들 사는 곳까지 가려면 버스를 타고 나가야 해서, 부모님은 내가 주말에 친구 만나러 가는 것을 별로 좋아하지 않으셨고, 나도 주말까지 친구를 만날 필요는 없겠다 싶었다.

그런데 중학생이 되고는 이동 반경이 넓어지기도 했고 나랑 너무 잘 맞는 은수의 제안에는 꼭 응하고 싶었다. 부모님도 이제 내가 중학생이 되어서 조금 마음이 놓이셨는지, 은수를 만나러 가는 것을 허락해 주셨다.

주말에 은수를 만나서 노는 것은 왜 이렇게 재미있었는지! 분식점, 만화 카페, 공원 산책로, 영화관 등. 은수와 같이 간 곳은 새로운 즐거움으로 가득했다. 공원이나 영화관은 가족들과도 가본 적이 있었지만, 은수랑 같이 도란도란 이야기를 나누며 가는 게 훨씬 재미있게 느껴졌다. 개랑 만나면 평소에 우리 가족들과는 잘 먹지 않는 음식들도 잔뜩 먹을 수 있었다. 감자 치즈 핫도그, 재료를 직접 선택해서 먹는 마라탕, 구운 마시멜로, 만들어 먹는 젤리 등. 다 은수랑 있을 때 처음 먹어본 것들이었다. 은수는 나에게 '익숙함', '새로움', '즐거움'을 다 안겨주는 친구였고 나는 이런 친구는 처음이었기 때문에 은수가 정말 특별한 친구로 느껴졌다.

은수가 그림을 잘 그린다는 점도 내게는 왜 그렇게 매력적으로 보였을까! 걔는 〈코코아 탐정〉 캐릭터뿐만 아니라 여러 만화의 캐릭터도 잘 그렸다. 내 캐릭터도 그려주거나 종종 우리의 즐거웠던 시간을 네 컷 만화로 그려서 나에게 선물해 주기도 하였다.

"나 이런 거 처음 받아봐……."

내가 감동에 겨워 말하면 은수는 입꼬리를 씩 올리곤 했었다. 이 모든 장면이 아직 생생했다.

교실에서는 밥을 같이 먹는 친구들이 하나둘 늘기 시작했다. 입학 첫날에 나는, 은수랑 둘이서 밥을 먹었다. 그런데 내 자리 왼쪽에 앉던 애들 두 명이 같이 밥을 먹자고 제안해 주어서, 은수랑 나는 걔들이랑도 같이 밥을 먹기 시작했다. 조금씩 합류하는 애들이 늘어나면서 최종적으로 우리는 여덟 명이 같이 밥을 먹었다.

같이 밥을 먹는 친구들과는 모둠활동을 같이 하거나 교실에서도 종종 어울렸지만, 나는 항상 은수를 내 제일의 절친이라 생각하고 있었다. 주말에 같이 놀자고 제안해 주는 애가 있어서 몇 번 응하기도 했지만 은수랑 놀 때만큼 재미있다는 생각은 들지 않아서, 점점 다른 애들의 주말에 놀자는 제안은 거절하게 되었다.

힘든 일이 있어도 서로에게 이야기했고, 답답한 일을 은수에게 말하고 나면 마음이 편해지기도 했었다. 은수가 나에게 고민을 이야기하면 나도 같이 고민했고, 곰곰이 생각한 후 내 의견을 말해주면 은수는 항상 너무 도움이 되었다며 고마워했었다.

작년 12월 첫째 주에는 〈코코아 탐정〉 극장판이 개봉했었다. 은수랑 나는 첫째 주 토요일에 같이 〈코코아 탐정〉 극장판을 보러 갔다. 코코아는 배 위에서 일어난 사건을 해결하느라 이리 뛰고 저리 뛰었다. 사건의 트릭은 좀 어려워서 맞히지 못했지만……. 코코아가 이번에 착용한 선글라스와 회색 슈트는 얼마나 멋있던지. 영화를 보고 나와서 은수와 나는 한정판 굿즈도 같은 것—

트럼프 카드와 엽서 세트—으로 샀다.

영화관을 나온 나는 들떠서 은수에게 말했다.

"〈코코아 탐정〉 매년 겨울에 개봉하잖아……. 우리 내년에도 같이 보러 올래?"

은수는 방긋 웃으며 말했다.

"당연하지! 같이 안 오려고 했어? 난 매년 너랑 같이 보러 오기로 예전부터 정해놨거든!"

"그랬어? 나 왜 처음 듣지?"

"아무튼 정해놨었어! 내년에 꼭 같이 오자. 이렇게 된 거(?) 우리 고등학교도 같이 가서 친하게 지내야 한다! 〈코코아 탐정〉에 걸고 맹세하자."

"크크. 너무 웃기당. 그래 맹세해! 우리 앞으로도 꼭 같이 보러 오기로 해. 그리고 우리 평생 절친이다!"

우리들의 약속이 귀에 쟁쟁하다. 그때 우리가 본 미래에는, 우리가 매년 〈코코아 탐정〉 극장판을 같이 보러 갔으며, 고등학교도 같이 다녔고, 어른이 되어 〈해리 포터〉 어트랙션이 있는 놀이공원에도 같이 갔다. 인생 첫 해외여행도 은수와 함께였다.

그렇게 은수와 1년간 쌓은 유대가 깊어서, 이 우정 영원하리라는 생각을 했었다.

은수를 떠올릴 때면 은수와 함께한 온갖 기억들이 휘몰아쳤기 때문에 나는 은수와 멀어진 지 일곱 달이 되었는데도 여전히 가슴이 아팠다.

 이번 기말고사는 경진이, 주영이, 서연이와 점심시간에 퀴즈를 서로 내주기도 하고 하교 후에도 열심히 공부했기 때문에 그리 어렵지 않게 칠 수 있었다. 평균 점수는 중간고사보다 잘 나왔는데, 우리 반에는 괴물 같은 반장 시현이가 1등을 놓친 적이 없어서 난 이번에도 반 2등인 듯하였다. 시험에서 좋은 성적을 거둔 것은 기분 좋은 일이었지만……. 나는 은수랑 화해한다면 이것보다 100배는 기분 좋을 것 같다고 생각해 버리게 된다. 나는 자꾸만 모든 일을 은수와 연관 짓고 있었다.

 올해는 12월 둘째 주에 〈코코아 탐정〉 극장판이 개봉했다. 나는 불현듯 작년에 했던 약속이 생각났다.
 우리의 약속은 어떻게 되는 거지?
 나는 이렇게 된 마당에도, 우리의 약속이 유효한 건지 고민이 되었다. 〈코코아 탐정〉에 걸고 한 우리의 굳은 맹세는 그 애의 절교 선언―직접 말한 적은 없지만 무엇보다 확실한— 앞에서 무력해지는 걸까? 아직 우리의 약속이 유효할까? 이 모든 일이 있고도 걔는 나와 같이 〈코코아 탐정〉을 보러 갈까?

나는 바보같이, 단 하루라도 좋으니 개랑 같이 영화를 보러 가고 싶다는 실낱같은 기대에 사로잡혔다. 며칠간 그런 생각에 잠겨 조금은 멍한 나날을 보냈다.

그러다가 셋째 주 월요일이 되었고, 나는 은수 가방에 이번 〈코코아 탐정〉 극장판 한정 굿즈인 코코아 인형이 달려 있는 것을 보았다. 그리고 은수가 지온이네 무리에게 주말에 〈코코아 탐정〉을 보고 왔다고, 내 자리에서도 들을 수 있는 목소리로 말하는 것을 듣고는 은수가 나랑 같이 〈코코아 탐정〉을 보러 갈 일은 없다는 것을 깨달았다.

나는 이걸, 은수가 나를 외면한 바로 그 순간에 깨달았어야 했을지도 모른다. 둘 사이의 관계가 끝이 나면 친한 사이였을 때 했던 모든 약속은 물거품이 되어버린다는 것을. 아무리 굳은 맹세를 했다 하더라도 그 모든 것이 빛바래 버린다는 것을.

그렇지만 아둔한 나는 지금이 되어서야 은수가 앞으로 나와 〈코코아 탐정〉을 볼 일은 없을 것이며 같은 고등학교에 갈 일도, 〈해리 포터〉 어트랙션을 같이 탈 일도, 해외여행을 같이 갈 일도 없다는 것을 깨달았다.

 나는 너무 느려. 그러니 또 한 번 상처를 받는 거지.

이유

12월은 쏜살같이 흘러갔다.

은수가 〈코코아 탐정〉 극장판을 이미 보았다는 것을 알고 나서 나도 혼자 〈코코아 탐정〉을 보러 갔다. 코코아 탐정을 보는데 슬픈 장면이 아닌데도 눈물이 나는 게 이상스러웠다. 〈코코아 탐정〉은 여전히 재미있고 멋있어서 나는 내년에도 아마 〈코코아 탐정〉을 보기 위해 극장을 찾을 것이다. 〈코코아 탐정〉과 은수를 연결 짓는 것도 이제는 그만둬야 할 것이다. 〈코코아 탐정〉 굿즈 중 은수가 산 인형은 사지 않았다. 나는 작은 피규어와 엽서, 스티커를 사고 집으로 돌아왔다.

학교에서는 경진이, 주영이, 서연이와 잔잔한 나날을 보냈다.

방학을 며칠 앞둔 어느 날 주영이가 뜬금없이 나에게 질문을 했다.

"너한테 우리는 어떤 존재야?"

그 말을 듣는 순간 머리가 쭈뼛 서는 것을 느꼈다. 나는 더듬거리며 말했다.

"나, 나랑 제일 친한 소중한 친구들이지! 근데 그건 왜?"

"그냥 궁금해서 물어봤어."

주영이는 웃으며 말했다. 서연이가 이어서 말했다.

"정민이는 가끔 멍할 때가 있어. 그래서 무슨 생각을 하고 있는지 좀 궁금할 때가 있거든. 난 너의 그런 모습도 포함해서 좋아하지만……."

나는 뭐라고 대답해야 할지 단어를 찾아 헤맸다.

"나도 정민이 좋아!"

경진이의 해맑은 모습에 긴장했던 마음이 살짝 진정되었다. 친구들이 혹시 눈치를 챈 건가. 내가 이 친구들에게 온전히 집중을 못 하고 있었다는 것을. 항상 은수를 신경 쓰고 있었다는 것을. 나는 그동안의 내 모습을 뒤돌아보았다. 경진이, 주영이, 서연이와의 관계에 좀 더 신경을 써야겠다고 생각했다.

"오늘 학교 마치고 떡볶이 먹으러 갈래? 오늘 용돈 받았는데 쏜다!"

나는 즉흥적으로 제안을 했다.

"오오! 콜!"

"가자!"

"치떡으로 먹자!"

친구들은 깔깔거리며 승낙했다. 나의 속 보이는 제안을 웃으며 받아넘겨 주는 너그러운 친구들. 우리는 방과 후에 치즈떡볶이를 먹으며 즐거운 시간을 보냈다.

생각해 보면 참 고마운 친구들이었다. 은수 때문에 힘들었어도 내가 무너지지 않고 밝은 모습으로 있을 수 있었던 것은, 다 이 친구들 덕분이었다. 나는 이걸 좀 더 일찍 깨달아야 했었는데. 그리고 그 고마움을 좀 더 표현해야 했었는데. 좀 더 이 관계에 집중해야 했었는데. 친구들에게 미안한 마음이 들었다.

방학식 날에는 경진이, 주영이, 서연이와 1월 첫째 주 주말에 만나서 놀자는 약속을 하고 헤어졌다. 이 친구들의 소중함을 학기 말이 되어서야 크게 느낀 난, 뭐든

늦된 것 같았다.

 겨울 방학 때 글밭 학원은 다니지 않기로 했다. 2학기 때 성적이 오르기도 했고 이제 어떤 식으로 공부하면 될지 알 것 같았기 때문이다. 나리를 보지 못하는 것은 아쉬운 일이었다. 나리는 겨울 방학 때도 글밭 학원에 다닌다고 연락을 주었다. 나는 방학 중 한 번, 나리를 보러 가기로 약속했다. 록스타와 어떻게 되었는지 이번에 만나면 물어봐야지.
 나는 이번 방학 때 3박 4일의 가족 여행 때를 제외하고는 집에서 그리 멀지 않은 도서관에서 책을 읽거나 공부를 하기로 했다.

 새해가 밝아오자, 은수와 다시 친해지고 싶은 생각이 아주 조금밖에 남아 있지 않다는 것을 느꼈다. 은수가 〈코코아 탐정〉 극장판을 혼자 보고 온 것을 알고부터, 은수와 화해할 수 있을 거라는 작은 희망마저 조금씩 조금씩 줄어들고 있었다.
 그렇지만 은수와 화해할 수 없게 되더라도, 평생 모르는 사이가 되더라도, 은수가 그렇게 하루아침에 돌아선 이유는 알고 싶었다. 그 이유를 알면 나는 이 모든 상황을 납득해 보려는 시도라도 할 수 있을 테니까. 그리고 은수를 돌아서게 만든 것과 같은 잘못을—나에게 어떤 잘못이 있다면— 새로 만나는 친구들에게는 저지르지 않을 테니까.

그렇지만 은수에게 물어본다 해도 대답해 줄 리 없었다. 내가 조금이라도 다가가려 하면 불쾌한 표정을 짓는 사람에게는 말을 걸 용기조차 생기지 않았다.

그동안 내가 추측해 본, 은수가 나를 외면한 몇 가지 이유는 다음과 같았다.

첫째, 내 성격이 점점 견딜 수 없어졌다. 나는 내향적인 사람이니까. 같이 노는 게 재미없어졌을 수도 있다.

둘째, 다른 친한 친구가 생겼다. 걔랑 더 친하게 지내고 싶은데 내가 못 받아들일 것 같으니까 아예 끊어버린 걸 수도 있다.

셋째, 내가 걔가 싫어하는 일을 반복적으로 하고 있었을 수도 있다. 짚이는 게 없지만 말이다.

넷째, 내 성적이 더 잘 나와서일 수도 있다. 그렇지만 이건 아닐 것이다. 내가 본 은수는 이런 것에 질투하는 애가 아니었기 때문이다.

다섯째, 내가 걔를 서운하게 만들었을 수도 있다. 그렇지만 나는 다른 모든 애들보다 은수를 우선순위에 두었는데 어떻게 내가 은수를 서운하게 만들 수 있었을까?

내가 추측해 본 그 어떤 이유들도 내가 명쾌하게 납득할 수 있는 것은 아니었다. 은수는 대체 왜 나를 외면했을까? 이유라도 알려주면 좋으련만…….

이번 방학 때는 은수와 다시 친해지는 꿈을 몇 번이나 꾸었다. 이제는 화해할 수 있을 거라는 생각이 아주 조금밖에 남아 있지 않았음에도, 은수는 내 꿈에 종종 나타나곤 했다. 꿈속의 나는 은수가 다시 잘 지내보자고 상냥한 말 한마디만 해줘도 바로 마음이 풀려버렸다. 그리고 은수와 다시 대화하는 기쁨에 취해서는 이것저것 재미있는 일을 제안하고 은수의 표정을 살폈다. 은수가 미소를 지으면 내 마음에 따뜻한 것이 확 퍼지는 것을 느꼈다. 그러다가 잠에서 깨면 이것이 현실이 아니라는 것이 우울했다. 이제는 은수와 화해하는 것이 거의 불가능한 일일 텐데 내 꿈에는 왜 아직도 걔가 나오는 건지…….

난 은수 일을 겪고 나서, 안녕을 고하지 않고 멀어지는 그 모든 것들에 대한 공포가 생겨버렸다.

'오늘은 웃고 있어도 내일은 어떻게 될지 모르는 게 사람의 사이네. 내가 아주 좋아하고 신뢰했던 그 애도 그랬으니까. 우리가 같이 보낸 수많은 나날에 따르면 우리는 결코 멀어져서는 안 되는 사이였는데. 그럼에도 그렇게 되어버렸으니까.

지금 내 눈앞에서 즐거운 듯 재잘거리고 있는 너도 그럴 수 있지 않을까? 우리가 지금 같이 웃고 있지만 서로의 진심은 알 수 없는 거겠지. 내일 당장 멀어질 수 있는 거라면 너에게 날 너무 내보여선 안 되는 거겠지. 내 마음을 너무 준다면, 널 너무 좋은 친구로 생각해 버린다면, 나의 상처는 너를 믿은 것에 비례해 커질 거야.

내가 너무 방어적인 걸까? 그렇지만 어쩔 수 없지. 나에게는 나에게서 멀어져 갈 것들과 내 옆에 남을 것들을 구별할 능력이 없으니까. 그러니까 네가 내일 나를 모르는 척해도 상처받지 않을 정도로만 너를 좋아할게.

우리 같이 웃자. 네가 행복했으면 좋겠어. 오늘도 내일도, 내가 있든 없든 상관없이 말이야. 네가 날 떠나간다면 어쩔 수 없는 일이겠지. 그래, 어쩔 수 없는 일이야.'

나는 이런 생각을 가끔 하며 조용하고 담백한 겨울 방학을 보냈다. 물론, 사이사이에 친구들을 만나고 가족여행을 다녀오고 도서관에 가서 공부도 하면서 말이다.

반 발표

 겨울 방학은 2월 첫째 주에 끝났다. 겨울 방학이 끝나고 다시 경진이, 주영이, 서연이를 만나니 반가운 마음이 들었다. 방학 때 두 번 만나서 놀며 즐거운 시간을 보낸 우리였다. 이제 이 친구들과 같은 반에서 지낼 수 있는 시간도 1주일밖에 남지 않았다니. 방학 때도 '이 친구들에게 좀 더 마음을 쓸 걸 그랬다⋯⋯.' 하는 생각이 종종 들었다. 내 몸에 배어 있는 사교성과 적당한 성실성으로 친구들을 대해온 것이 미안해졌다. 이것을 다 은수 탓으로 할 수는 없는 거야⋯⋯.

 1주일은 쏜살같이 흘렀다. 각 과목 진도가 다 나가서,

학교에서는 널널하게 시간을 보냈다.

  이윽고 종업식 날이 되었다. 등교하여 교실에 들어서자, 경진이, 주영이, 서연이가 반갑게 맞이해 주었다.
"정민아! 오늘이 마지막 날이라니……."
서연이는 너무 아쉽다는 표정이었다.
"우리 네 명은 또 같은 반 될 텐데 뭘 걱정해!"
  경진이는 근거 없는 긍정적인 말을 했다. 반이 발표 나기 전까지, 나도 그렇게 믿고 있고 싶었다. 친구들의 얼굴을 바라보니 아쉬움과 미안함이 물결쳤다.
"경진아, 주영아, 서연아……. 1년 동안, 덕분에 너무 즐겁게 보냈어. 3학년 때도 꼭 같은 반 되었으면 좋겠다."
  진심을 담은 말이었다. 목이 멨다.
"같은 반 안 돼도, 우리 자주 만나서 놀아야 해!"
  주영이의 말에 세 명은 다 같이 힘차게 대답했다.
"당연하지!"
  우리 넷이 학기 초부터 같이 다니며 쌓은 많은 추억들이 머리를 스쳐 지나갔다.
  나에게 따뜻한 참 좋은 친구들이야…….

곧 선생님이 교실로 들어왔고, 나는 내 자리로 돌아가 앉았다.

종업식은 각 반에서 교내 방송을 통해 진행되었다. 2학년이 된 게 엊그제 같은데 이제 마지막 날을 보내고 있다. 나는 조금 멍하게 텔레비전 화면을 바라보았다. 교가 제창을 끝으로 종업식은 끝이 났다.

우리 반 애들이 가장 기다리고 있는 것은 '반 발표'였다. 나도 반 발표만을 초조하게 기다렸다. 이제 은수와도 헤어질 수 있는 것이다! 그동안 은수와 같은 반에서 지내면서 서로를 의식하며 친구를 경쟁하며 얼마나 피곤한 나날을 보냈던가! 오늘 새로운 반 발표가 나면 은수랑은 떨어지게 될 테고, 그럼 은수를 마주칠 일이 현저히 줄어들 테니 나도 좀 마음 편하게 학교에 다닐 수 있을 터였다. 나는 경진이, 주영이, 서연이랑 같은 반이 되면 너무 좋을 것 같다고 희망 회로를 돌렸다.

"이제 마지막으로, 반을 발표할게."

담임 선생님이 말했다. 손에서 땀이 나는 게 느껴졌다.

우리 학교는 한 학년에 8반까지 있으니까. 내가 걱정한 그 일은 일어나지 않을 거야…….

나는 선생님의 말에 귀를 기울였다.

"김우주 '다'반. 김지온 '가'반."

선생님은 출석번호 순서로 반을 발표하였다. 자신의 반을 듣고 환호하는 애도 있었고 시무룩해지는 애도 있었다.

"신주영 '라'반."

주영이가 '라'반이 되다니. 나도 '라'반이 되면 좋겠는데……. 선생님은 발표를 이어갔다.

"윤정민 '사'반."

'사'반? '사'반은 처음 불린 것 같은데?

"이경진 '가'반. 이서연 '아'반."

나, 경진이, 주영이, 서연이가 모두 다른 반이 되다니! 우리는 이제 각각의 반에서 각자의 친구를 사귀어야만 할 것이다. 가끔 주말에 만나서 놀거나 할 테지만……. 같이 보낼 수 있는 절대적 시간이 줄어든 것이 너무 아쉬웠다.

그리고 그 애의 반이 발표되었다.

"정은수 '사'반."

'사'반? '사'반? 정은수가 '사'반이라는 말을 듣고 갑자기 어지러워졌다. 내가 '사'반인데 쟤도 '사'반이라고? 또 같은 반이라고? 3년이나 같은 반이라니! 이렇게 또 1년을 같이? 이럴 수는 없는 것이다!

나는 그 뒤로 선생님이 하는 말이 하나도 들리지 않았다…….

반 애들이 다들 우렁차게 "감사합니다!" 하고 인사하는 소리에 정신이 들었다. 아, 종례가 끝났구나. 선생님은 교실을 나갔고 애들은 가방을 챙기기 시작했다. 나는 재빨리 선생님을 따라 나갔다.

"선생님! 저 말씀드릴 거 있어요."

선생님은 발걸음을 멈추고, 천천히 뒤돌아 나를 바라보았다. 나는 말을 이어나갔다.

"오늘 반 발표에서 저랑 은수랑 같은 반이 됐는데요……. 1학년 때 친하게 지내던 은수가 1학기부터 저를 모르는 척해서 되게 고통스러운 1년을 보냈거든요. 진짜 너무 힘들었어요. 올해도 은수랑 저랑 같은 반 됐던데, 혹시 반 바꿀 수는 없을까요? 1년 더는 진짜 못 견딜 것 같아요……."

나는 선생님에게 쏟아내듯 나의 고통을 털어놓았다. 선생님은 나를 안쓰럽게 바라보더니 말했다.

"그런 일이 있었으면 선생님한테 미리 좀 말해주지.

지금은 이미 반이 다 결정되어 버려서……. 바꿀 수가 없단다."

"그래도……. 저 어떡해요……."

"안타깝게 되었구나. 또 같은 반이 되었으니 화해할 기회가 생기지 않을까?"

나는 선생님을 가만히 바라보았다.

선생님은 정말 아무것도 모르는구나!

절망적이었다.

"네, 감사합니다……."

나는 인사를 하고 교실로 다시 돌아왔다.

경진이, 주영이, 서연이가 이야기 나누고 있었다. 나도 그 친구들에게 가서 우리가 다 다른 반이 된 것을 아쉬워했다. 다른 반이 되었지만, 종종 만나서 놀기로 했다. 친구들과는 봄 방학 때 만날 약속을 정했다.

나는 교무실에 들를 일이 있다고 친구들에게 말하고, 친구들을 먼저 보내고 교실에 남았다. 사실, 교무실에 갈 일은 없었다. 친구들을 먼저 보낸 이유는 단 하나. 은수에게 말 걸기를 감행하기 위해서! 그동안 은수의 싸늘한 눈초리가 무서워서 제대로 말을 걸지 못했지만, 은수와 또 1년을 같이 보내야 하는 절망적인 상황에서

도저히 그냥 집에 갈 수는 없었다. 나는 느릿느릿 짐을 싸는 척했다.

이제 교실에는 서너 명밖에 남지 않았고, 은수는 짐을 챙겨서 교실 뒷문으로 나가고 있었다. 나는 재빨리 은수를 따라 복도로 나갔다. 그리고 신발을 챙기려는 은수 앞에 서서 마지막 용기를 쥐어짜 내 말했다.

"우리 또 같은 반이 되었던데. 3학년 때는 꼭 필요한 이야기라도 하고 지내면 안 될까?"

나는 애원하듯이 말했다. 은수는 나를 힐끗 보더니 굳은 표정으로 고개를 저었다.―"아니."라는 목소리조차 들려주지 않았다!― 그 애 미간에 내 천(川)자가 보였다. 은수는 신발을 챙기더니 빠르게 내 눈앞에서 사라졌다.

그 애가 보여준 아주 확실한 거절이었다.

교실에서

나는 은수가 사라진 복도를 멍하게 보며 서 있었다. 한참을 서 있다가 터벅터벅 다시 교실로 들어가니 내 짐만 덩그러니 남겨져 있었다. 내 자리에 털썩 앉았다.

그래, 이제 너의 마음을 완전히 알았어. 넌 나를 외면한 첫날부터 다시는 나를 마주하지 않겠다는 마음이었구나. 그걸 나는 10개월이 지난 지금에서야 깨닫다니.
  이제 너에게 조금이나마 가지고 있었던 기대를 전부 거두어들일게. 더는 너와 다시 친해질 수 있을 거라는 작은 희망에 매달리지 않을 거야.

그래, 멈추는 거야. 너에 대해 생각하는 것을. 함께했던 과거의 일들과 함께했을 미래의 일들을 생각하는 것을 멈추자. 내가 할 수 있는 모든 일을 다 해봤잖아? 이제는 받아들일 때가 된 거지.

같이 나이를 먹어갈 수도 없고 언제까지나 좋은 친구가 되겠다는 약속도 지키지 못하겠지만……. 이제는 전부 묻어두고 새로운 친구를 만날 거야.

지금 이후로는 은수 네가 먼저 화해하자고 해도 내가 응하지 않을 거야. 너와 친하게 지내는 일을 나도 영원히 포기할게. 내가 빠져 있던 그 늪에서, 그 바다에서 빠져나올게. 이 모든 일을 흘려보낼게. 그리고 점점 잊어갈게.

진작 이래야 했었나. 너도 절교를 못 받아들이는 나 때문에 스트레스 받았겠지. 네가 나에게서 멀어져 간 첫 번째 사람이었기 때문에 나는 어떻게든 돌이킬 수 있을 줄 알았어. 나에게서 멀어져 가는 것들에 어떻게 임해야 하는지 아는 게 없었지. 그냥 잡았던 손을 살짝 놓으면 되는 거였구나.

네가 나에게서 그렇게 멀어진 이유는 어쩌면 앞으로도 영영 알 수 없겠지. 이건 그냥 영원한 미해결 과제인

채로 두자. '왜?'라고 생각하지 말자. 이유가 나에게 있었을지도 모르겠지만 꼭 나만의 문제인 것은 아닐 거야. 그리고 이제 그 이유도 상관없어졌어.

또 1년, 너 때문에 불편하겠지. 하지만 이젠 누구에게도 네 이야기를 하지 않을 거야. 누가 물어보면 그냥 같은 반이었던 잘 모르는 친구라고 해야지.

그리고 나는 나를 좀 더 소중히 여길 줄 알아야 해. 이제 나는 나를 돌봐야 한다고. 너만큼이나 나도 소중한 사람인데. 너에게 굴복하는 것마저 마땅히 감당할 수 있을 만큼 네가 나에게 중요한 사람이라고 생각했었어. 그렇지만 그렇게 되게 하지 않은, 끝까지 나를 거절한 네가 오히려 나에게 자비로운 사람인 걸까.

이제는 지나쳐 가자. 이제는 의미가 없는 거야. 이제는 그만 슬퍼하자.

너로 인해, 이다음 만나게 되는 모든 사람을 '언제 떠날지 모르는 사람'이라고 바라보게 될지도 모르겠지만······. 그럼에도 좋은 사람을 만날 수 있을 거라고 믿어.

그리고 이 이후에 비슷한 일을 맞닥뜨리게 된다면 상대방에게 거는 기대를 아주 빨리 증발시켜 버릴 거라는 생각도 들어. 10개월의 절반인 5개월? 2개월? 보름? 하루? 아니, 그 즉시일지도 모르지.

  3학년 때 나는 잘 지낼 수 있을 거야. 친구 사귐에 대한 불안은 있지만……. 난 잘 극복해 나갈 수 있을 거야. 생각해 보면 나를 좋아해 주는 사람은 항상 있었어. 난, 나를 알아봐 주는 사람을 알아볼 수 있는 사람이 되어야 해.

  잘 지내라. 이제 우린 무관계다.

절교에 대처하는 방법

초판 1쇄 발행 2024. 12. 25.
    2쇄 발행 2025. 3. 26.

지은이 김희정
펴낸이 김병호
펴낸곳 주식회사 바른북스

편집진행 박하연
디자인 이강선

등록 2019년 4월 3일 제2019-000040호
주소 서울시 성동구 연무장5길 9-16, 301호 (성수동2가, 블루스톤타워)
대표전화 070-7857-9719 | **경영지원** 02-3409-9719 | **팩스** 070-7610-9820

•바른북스는 여러분의 다양한 아이디어와 원고 투고를 설레는 마음으로 기다리고 있습니다.
이메일 barunbooks21@naver.com | **원고투고** barunbooks21@naver.com
홈페이지 www.barunbooks.com | **공식 블로그** blog.naver.com/barunbooks7
공식 포스트 post.naver.com/barunbooks7 | **페이스북** facebook.com/barunbooks7

ⓒ 김희정, 2025
ISBN 979-11-7263-896-2 43810

•파본이나 잘못된 책은 구입하신 곳에서 교환해드립니다.
•이 책은 저작권법에 따라 보호를 받는 저작물이므로 무단전재 및 복제를 금지하며,
이 책 내용의 전부 및 일부를 이용하려면 반드시 저작권자와 도서출판 바른북스의 서면동의를 받아야 합니다.